MERLINO SCONFIGGE UN FANTASMA

LE AVVENTURE MAGICHE DI MERLINO
LIBRO 2

MOLLY FITZ

Editor: Megan Harris
Traduttrice: Barbara Parutto
Revisori: Annalisa Guerrini-Körner
Copertina: JoY Author Design Studio

PO Box 873543
Wasilla, AK 99687

TRAMA

Era già abbastanza difficile essere il famiglio del mio gatto magico quando dovevamo affrontare solo minacce visibili. Ma ora lui è coinvolto in un'aspra faida con un fantasma appena giunto nel nostro mondo, e io mi chiedo... Come diavolo faremo a sconfiggerlo?

Mi mancano le giornate spensierate in cui dovevo preoccuparmi solo di finire la tesi e non essere licenziata dal mio impiego di barista part-time.

E anche se è vero che non ho scelto la magia, poco ma sicuro lei ha scelto me. Ora devo solo riuscire a sopravvivere abbastanza a lungo da poterne apprezzare i benefici.

NOTA DELL'AUTORE

Ciao e grazie per aver scelto questo libro! Anche a te piacciono i cozy mystery con una buona dose di umorismo? Allora saremo ottimi amici!

Cosa ne dici, intanto, di tenerci in contatto sulla mia pagina Facebook? L'ho creata appositamente per i miei fantastici lettori italiani. Vieni a trovarmi su www.facebook.com/raccontimiciosi

Insieme ci divertiremo tantissimo. Gira pagina… e inizia l'avventura!

Ti aspetto nel magico mondo dei gatti.

MOLLY

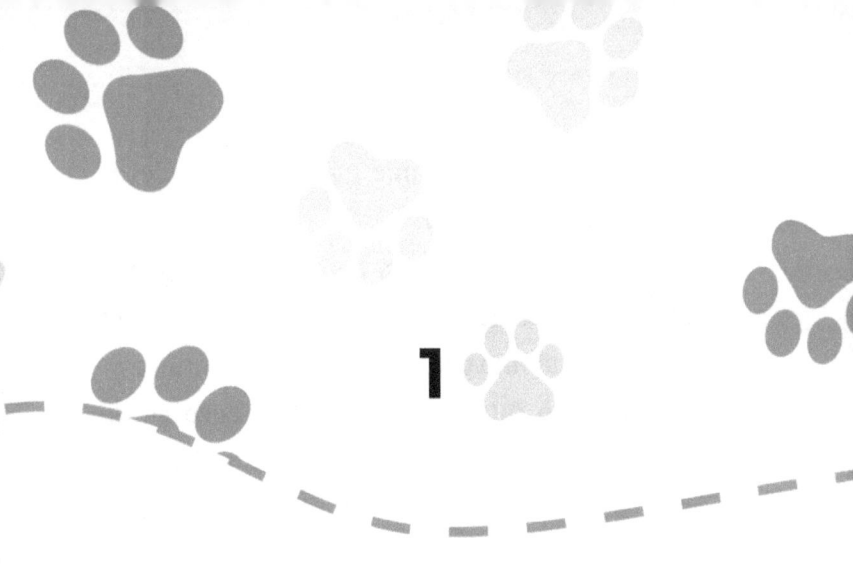

1

Ciao a tutti, mi chiamo Gracy Springs e fino a circa una settimana fa ero una ragazza come tante altre. Poi il mio capo è stato assassinato con una pozione magica e una maga malvagia e la sua complice hanno cercato di incastrarmi per omicidio.

A quanto pare sono una discendente di re Artù, e il mio gatto, che è un mago, mi ha scelta come suo famiglio. Lo avevo chiamato Morbidone, ma ora so che preferisce il suo vero nome: Merlino. Anche lui appartiene a una stirpe importante: discende infatti niente meno che dal famoso Merlino. E non intendo l'impostore umano che tutti conoscono, bensì il vero mago Merlino, che si dà il caso fosse un gatto.

Per via del rapporto che univa i nostri antenati, io

e Merlino abbiamo un legame quasi impossibile da spezzare. E sottolineo *quasi*.

La maga cattiva è riuscita a fuggire, ma sappiamo entrambi che tornerà con un nuovo piano per sottrarre i poteri al mio padrone una volta per tutte.

Come se tutto questo non bastasse, devo continuare a occuparmi della mia vita di tutti i giorni, lavorando come barista part-time all'Harold's House of Coffee. Il locale è in fase di rinnovo grazie agli obiettivi estremamente ambiziosi dell'erede di Harold, sua figlia Kelley, con la quale il mio vecchio titolare si era riunito da poco.

Inoltre, ormai, mi manca poco per ottenere la laurea in sociologia: devo solo finire la tesi, poi potrò cercarmi un lavoro nel mio campo, anziché continuare in eterno a servire caffè part-time.

In tutto questo *tourbillon* di occupazioni quotidiane, di recente sono anche impegnatissima a cercare di abituarmi al mio nuovo ruolo di famiglio. Merlino e la sua fidanzata pelosa sono più che lieti di torchiarmi a ogni ora del giorno e della notte.

Devo essere pronta per il prossimo attacco magico che, poco ma sicuro, arriverà presto, lo sappiamo bene tutti e tre.

Scommetto che mia nonna non avrebbe mai immaginato cosa aveva in serbo per me il destino, quando mi regalò la sua casetta in una piccola città della Georgia per trasferirsi in una lussuosa casa di riposo nelle Florida Keys. Di sicuro non sapeva che un certo Maine Coon magico l'aveva scelta come suo famiglio, e che in seguito avrebbe scelto me come sua sostituta.

Ma, sinceramente, anche se la mia vita ha preso svolte inimmaginabili e un po' pazze, non la cambierei per niente al mondo. Voglio bene a Merlino e mi piacciono le nostre avventure, anche se, a volte, me la faccio sotto per la paura.

Non posso lanciare incantesimi, ma ciò non significa che io non svolga un ruolo importante nella nostra lotta contro la malvagia maga dell'illusione che ci ha presi di mira. Quando tornerà sarò pronta a sconfiggerla.

Un grido terrificante mi svegliò da un sonno profondo.

Miiiaaaooooooo!

Mi fiondai giù dal letto e afferrai il cellulare per utilizzarlo come torcia: «Chi è là?» chiesi.

Ma mi risposero solo i tonfi di Merlino sul parquet del corridoio.

Miiiaaaooooooo! Quell'urlo disumano risuonò di

nuovo in casa e questa volta capii che si trattava di Luna che strillava disperatamente.

E andò avanti così: grido lacerante, corsa pazza; grido lacerante, corsa pazza. Finché non mi feci strada nel corridoio e li trovai entrambi intenti a fissare un angolo del soffitto con le orecchie appiattite contro le testoline gattose.

«Che succede?» chiesi, sapendo perfettamente che entrambi erano in grado di fare ben di peggio che miagolare selvaggiamente.

«U-un fa-fa-fantasma!» balbettò Merlino prima di schizzare nuovamente dall'altro lato del corridoio.

Alzai lo sguardo in direzione del punto che Luna continuava a fissare a occhi spalancati senza nemmeno sbattere le palpebre... e non vidi assolutamente niente.

Ciò nonostante, le chiesi: «Che cosa vedi?» Di solito lei era la più razionale fra i due, o per lo meno quella più propensa a confidarsi con me.

«Non vedo niente» bisbigliò, senza distogliere lo sguardo dal soffitto. «Ma percepisco un'energia in via di formazione. Non è ancora qui nel nostro mondo, non del tutto almeno, ma lo sarà presto.»

«Quindi vedi un *futuro* fantasma?» riepilogai.

«Qualcosa del genere.»

«Ma come fai a dirlo? Non hai più poteri magici» le ricordai.

Luna non riuscì a trattenere un soffio: «Potrò anche non essere più una maga, ma sono pur sempre un gatto. Magici o no, siamo tutti in grado di vedere il regno sovrannaturale.»

«Come Nocturna?» chiesi, facendo riferimento alla città magica a cui potevano accedere solo le creature magiche al momento del crepuscolo.

Merlino ruggì e sollevò le zampe posteriori.

«No, non ci provare!» gridai chinandomi per prenderlo in braccio. «Niente tornado dentro casa!»

Il Maine Coon brontolò per il disappunto finché non lo rimisi a terra.

«Dobbiamo liberarci di quella cosa prima che assuma forma completa» disse Luna mordicchiandosi il labbro inferiore con le zanne superiori.

«Il fatto che si sia presentato qui così presto, nel corso del suo viaggio nell'aldilà, è un pessimo segno» mi rivelò Merlino; quando lo guardai, inarcò la schiena e rizzò il pelo al massimo, diventando gigante.

Lo presi di nuovo fra le braccia: «Niente fulmini in casa, sia ben chiaro!»

«Allora cosa dovremmo fare?» chiese Luna con un sussulto.

«Fatemi preparare un po' di caffè» risposi, ammettendo la sconfitta. Era evidente che i gatti non mi avrebbero lasciata tornare a dormire finché non avessi trovato un modo per liberarmi del futuro fantasma... o almeno per scacciarlo e mandarlo a infestare un'altra casa una qualunque, purché molto, molto lontana da qui.

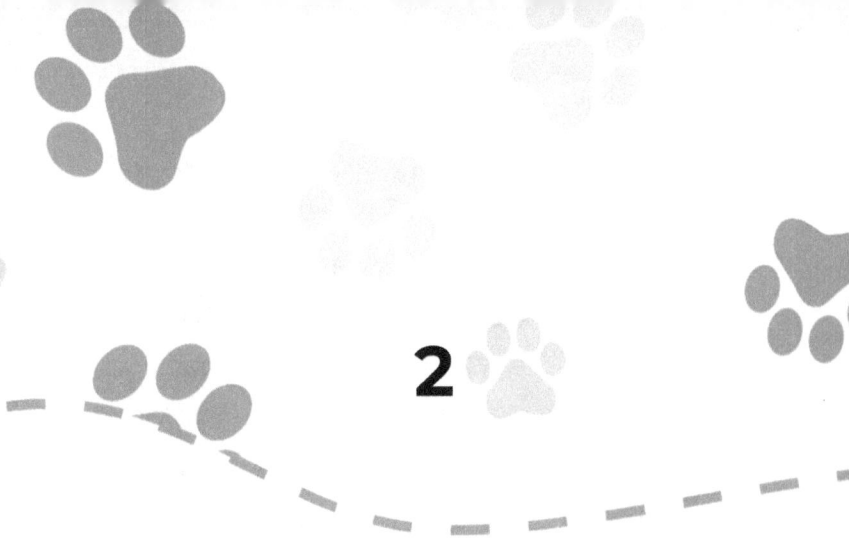

2

C on una tazza di caffè in mano, mi sedetti al tavolo della cucina. Il legno ruvido della vecchia sedia non era quel che si dice comodo, ma faceva il suo lavoro per tenermi sveglia.

Bevvi un lungo sorso dalla tazza, lasciando che il vapore mi scaldasse il viso, poi lanciai un'occhiata ai due gatti seduti al tavolo di fronte a me.

«Quindi c'è un fantasma che si sta materializzando» dissi. «La situazione non promette bene. Almeno uno di voi due sa come mandarlo via?»

Luna scosse tristemente il capo: «Si tratta di Virginia» disse, riferendosi al suo famiglio defunto. «Me lo sento.»

Merlino strofinò il capo contro il collo della sua

fidanzata: «Non è per colpa tua che è morta. È stato a causa della sua avidità.»

«Ma io mi sento in colpa» mormorò Luna. Si era incolpata dell'accaduto fin dall'inizio. Quando aveva scoperto che Virginia, nella sua brama di potere, si era votata al male, Luna non aveva esitato a recidere il legame che le univa e, in quel modo, entrambe avevano perso i propri poteri magici. Purtroppo, in un disperato tentativo di afferrare la magia che fluiva via, Virginia era caduta a testa in giù nel pozzo, andando incontro a una tragica fine.

E ora, a quanto sembrava, stava tornando sotto forma di fantasma, decisa a infestare casa mia.

Era forse in cerca di vendetta?

Avrebbe fatto del male a me o ai gatti?

Qualunque cosa stesse succedendo, non poteva trattarsi di nulla di buono.

E proprio quando pensavo che le cose stessero finalmente iniziando ad andare per il verso giusto. *Accidenti!*

La mia unica speranza era che i gatti si stessero sbagliando o che avessero un'altra spiegazione per la sua presenza.

Trassi un respiro profondo ed espirai lentamente: «Non so niente di fantasmi, a parte qualcosa che ho visto in alcuni vecchi film. Uno di voi due può dirmi qualcosa di più?»

Luna e Merlino si scambiarono uno sguardo teso.

«Che vi prende? Cosa c'è che non va?» chiesi con un profondo sospiro. Una parte di me non voleva sapere cosa avrebbero detto, ma dovevo essere preparata nel caso in cui mi fossi trovata nel bel mezzo di un'altra *impasse* magica.

Luna fece per iniziare a parlare, ma Merlino le appoggiò una zampa sul petto per fermarla.

«Sei già abbastanza sotto pressione, mia cara. Lascia che sia io a gestire la questione con Gracy» si offrì generosamente.

«Non mi piace quando parlate di me come se fossi un peso» balbettai, afferrando la tazza di caffè con entrambe le mani per immergermi in quel piacevole tepore.

«Ascolta» disse Merlino avvicinandosi lentamente a me sul tavolo. «Io e Luna siamo entrambi giovani maghi. O almeno, lei lo era finché... In ogni caso, il punto è che io sono ancora un mago. Giovane e non espertissimo in tutto.»

Mugugnai a quel guazzabuglio di mezze frasi. Volevo che mi dicesse la verità senza giri di parole, per quanto brutta potesse essere: «Qual è il punto?»

Merlino lanciò un'occhiata a Luna, che annuì

invitandolo a proseguire. Lui deglutì e disse: «Beh, ecco, nessuno di noi due ha mai avuto la minima esperienza con i fantasmi prima d'ora.»

Non capivo perché si preoccupassero tanto. Va bene, non avevano esperienza pratica, ma la conoscenza teorica sarebbe andata altrettanto bene, anche perché sembrava che i due felini avessero accesso a fonti di sapere illimitate, quando si trattava del mondo magico.

Vedendo che nessuno dei due diceva altro, sorrisi: «Non mi sembra un grosso problema. Alla scuola di magia vi avranno insegnato a combattere i fantasmi, no?»

Un brontolio cupo si levò dalla gola di Merlino; poi il gatto abbassò le palpebre, come se il solo vedermi fosse una pena per lui: «Oh, voi umani, così miopi quando si tratta della vostra visione del mondo. Solo perché *voi* avete bisogno di anni e anni di scuola per imparare a vivere nella vostra società, non significa che per le altre creature valga lo stesso. In realtà, noi maghi impariamo quasi tutto il necessario semplicemente osservando ciò che ci circonda.»

Gli scoccai a mia volta un'occhiataccia. Non mi ero alzata dal letto nel cuore della notte solo per essere insultata dal mio coinquilino a quattro zampe:

«Grandioso. E questo cosa ti ha consentito di imparare sui fantasmi?»

Tossicchiò e distolse lo sguardo: «Uno a zero per te» ammise. «Suppongo che non siamo preparati ad affrontare uno degli enigmi più rari del mondo magico.»

Bevvi lentamente un altro lungo sorso di caffè: «Quindi cosa possiamo fare? Aspettiamo che il fantasma finisca di materializzarsi e gli chiediamo di andarsene?»

«Oh, no» mi schernì Merlino. «Certo che no!»

«I fantasmi sono creature estremamente rare.» La voce di Luna era poco più che un sussurro dall'altro lato del tavolo. «I morti fanno ritorno al nostro mondo solo se hanno un'incrollabile determinazione. Qualcosa che desideravano così tanto da vivi che la brama è diventata parte integrante della loro anima.»

Mio malgrado, rabbrividii: «Sembra una questione grave.»

Merlino annuì: «Desiderare qualcosa così tanto non è un bene, il più delle volte.»

«Virginia agognava il potere» disse piano Luna. «Ciò che l'ha uccisa potrebbe averla riportata indietro.»

«No. Decisamente non è un bene» concordai bevendo un'altra lunga sorsata di caffè.

I gatti mi fissarono perplessi mentre bevevo. Mi trattavano come un'assistente non alla loro altezza, ma si aspettavano comunque che avessi tutte le risposte.

«Mmm, potremmo catturarlo con uno zaino protonico?» suggerii scrollando le spalle. Era da un pezzo che non guardavo i film dei *Ghostbusters*, ma erano l'unico punto di rifermento che avevo. E dubitavo fortemente che Virginia avrebbe fatto ritorno sotto forma di personaggio dei cartoni, paffuto e ghiotto di pizza.

«Non siamo scienziati!» disse Merlino con un sussulto esagerato. «Sono un mago e farai bene a tenerlo a mente!»

«Allora si va a Nocturna?» chiesi, facendo riferimento alla città magica in cui potevamo recarci solo di notte con l'aiuto di Merlino.

Entrambi i gatti annuirono: «Sì, a Nocturna.»

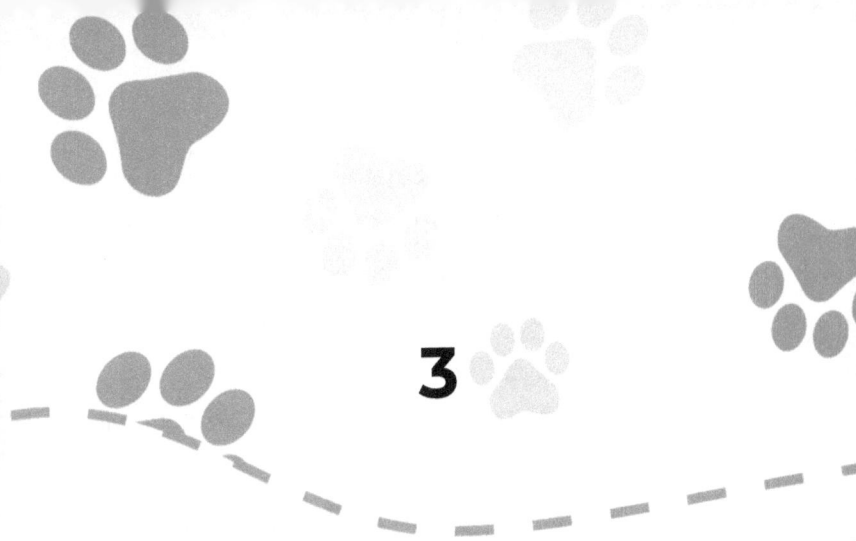

3

Per quanto desiderassi tornare a dormire, il caffè aveva fatto effetto, il che significava che ormai ero sveglia e pronta ad affrontare la giornata. Mancavano parecchie ore all'inizio del turno alla caffetteria, e vorrei poter dire di averle trascorse a lavorare alla tesi.

Ma non è così che è andata.

Anziché fare qualcosa di utile, trascorsi ore a guardare i due film dei Ghostbusters degli anni Ottanta. Non avevo avuto tempo di trovare gli adattamenti più recenti, ma mi ripromisi che li avrei cercati dopo il lavoro, la visita a Nocturna e qualsiasi altro evento inatteso che avesse potuto scombinarmi la giornata.

Ovviamente mi ritrovai talmente assorbita da

quella piccola maratona cinematografica da perdere il senso del tempo, così fui costretta a truccarmi in auto. Ora le occhiaie erano lì, in bella vista per chiunque si fosse preso il disturbo di guardarmi per più di mezzo secondo.

Stupido fantasma, mi hai fatto passare la notte in bianco e ora sono inguardabile.

Anche se speravo che la visita dell'ectoplasma fosse stata un evento che non si sarebbe ripetuto, sapevo bene di non potermi aspettare una bella notte di sonno tanto presto. Era sempre così con il mondo della magia: niente era mai semplice come si sarebbe potuto sperare. Perfino il teletrasporto con due battiti di palpebre non era esente da difficoltà e si rischiava la vita se non veniva praticato con la massima cautela.

Decisamente non faceva per me.

Così preferivo continuare a recarmi ovunque in auto, cosa che era probabilmente altrettanto rischiosa ma, se non altro, più consueta, grazie tante.

Non avendo incontrato semafori rossi, ero riuscita ad applicare solo un po' di eyeliner e un rossetto opaco prima di parcheggiare davanti all'Harold's House of Coffee: sarebbe dovuto bastare.

La nuova titolare, Kelley Carmine, aveva insistito affinché l'intero gruppo di baristi si recasse al lavoro, anche se il locale era chiuso per via dei lavori di ristrutturazione, un fatto che mi sembrava strano.

E quel giorno la cosa sembrava ancora più strana perché eravamo il doppio del solito. Prima eravamo io, Kelley e Drake a svolgere la maggior parte dei turni, con la buonanima di Harold che si occupava del poco che noi non riuscivamo a fare. Ma quel giorno, quando arrivai, tre estranei erano accalcati accanto alla nuova macchina per l'espresso, intenti a osservare Kelley affaccendata a preparare latte macchiato con zucca e spezie per tutti.

Era la sua specialità. Anche se aveva mantenuto il nome della caffetteria in onore del suo defunto padre, ogni altro aspetto dell'attività aveva subito notevoli trasformazioni.

Il cambiamento più evidente era che, ora, il latte macchiato con zucca e spezie veniva servito ogni giorno. Non si poteva più ordinare un semplice latte macchiato, un cappuccino o un caffè americano: ora ogni ricetta includeva almeno un piccolo tocco di zucca.

Imparare il nuovo menù era l'aspetto che trovavo più difficile di quel cambiamento.

Ero stata perfettamente d'accordo con l'idea di Kelley di servire il latte macchiato con zucca e spezie tutto l'anno, ma questo *prima* di rendermi conto della portata dei suoi progetti. Ora il menù includeva oltre dieci varianti della ricetta classica, incluse versioni per le feste che sarebbero state servite anch'esse tutto l'anno.

Qualcuno voleva un latte macchiato speziato di San Valentino ad agosto? Nessun problema. Bastava aggiungere una cucchiaiata di cioccolata bianca e una spolverata di zuccherini rossi al classico latte macchiato con zucca e spezie.

Bleah. Il solo pensiero mi faceva rivoltare lo stomaco.

«Gracy, ben arrivata!» gridò il mio nuovo capo con un immenso sorriso che le attraversava il volto da ragazzina. «Ora ci manca solo Drake, poi potremo dare il via alla giornata che tutti stavate aspettando!»

Fece una pausa, come se si aspettasse una risposta da parte mia. Ma non sapevo nemmeno quale potesse essere la domanda.

Kelley emise un verso di disapprovazione: «Avanti, Gracy. Tu lo sai meglio di chiunque altro! Manca una settimana al giorno dell'inaugurazione, quindi è ora che tutti, inclusi i nostri carissimi nuovi assunti, ci prendiamo del tempo per capire un po' meglio come andranno le cose d'ora in poi. E...» Prese un paio di miscelatori e li picchiettò sul bordo del bancone imitando un rullo di tamburo: «...questo include l'assaggio di tutto ciò che abbiamo sul menù! Spero che abbiate appetito!»

Ancora non so come feci a non vomitare lì su due piedi. Forse, dopotutto, la magia di Merlino aveva iniziato a contagiarmi.

Pur trovando ammirevole l'entusiasmo di Kelley, la sua ossessione per la zucca era davvero troppo per me. Ciò nonostante, la apprezzavo come persona e desideravo che riuscisse nella sua impresa. Sapevo anche che, per quanto eccentriche potessero essere le sue idee, la gestione della caffetteria sarebbe stata un successo. Me ne ero assicurata io stessa quando le avevo ceduto il mio desiderio cambia-vita. Ora avrei dovuto trovare la mia strada senza l'aiuto della magia, e mi andava benissimo così.

La mia vita era già abbastanza emozionante grazie alle avventure con Merlino e Luna... e il nostro futuro fantasma. Inoltre, chissà, magari avrei sprecato il desiderio per qualcosa di banale... o qualcosa che mi si sarebbe ritorto contro in modo sensazionale.

Così, invece, Kelley avrebbe portato al trionfo il suo amato latte macchiato con zucca e spezie e io avrei dovuto tenermi ben stretto il mio lavoro. Lasciate che ve lo dica: più le cose cambiano, più restano come sono.

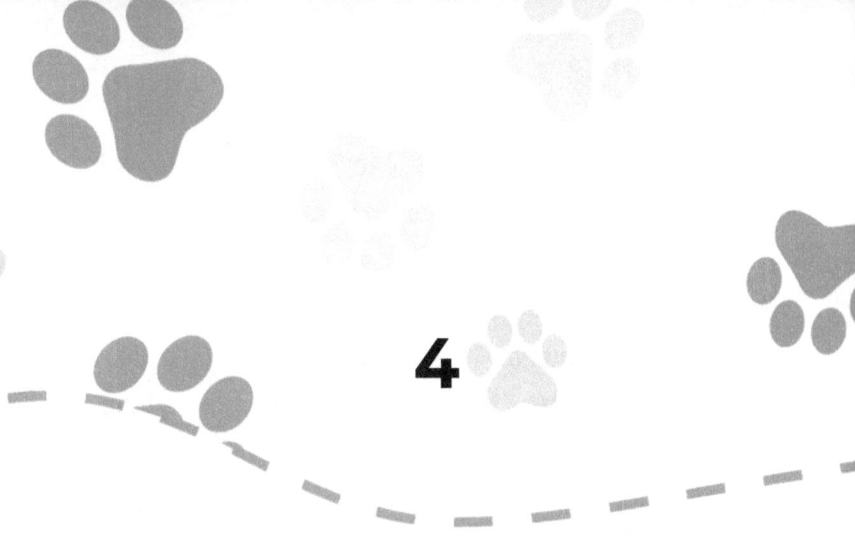

4

Drake si trascinò oltre la soglia dieci minuti più tardi, ovvero otto minuti in ritardo sull'inizio del turno. Harold gli avrebbe dato una lavata di capo senza fine e gli avrebbe detratto almeno un'ora di paga. Ma Kelley si limitò a sfoderare il suo miglior sorriso, battere le mani e annunciare che avremmo potuto iniziare con un'attività, tanto per rompere il ghiaccio e conoscerci meglio.

Salì perfino su una sedia, mettendosi le mani di fianco alla bocca a mimare un megafono, cosa decisamente non necessaria, considerando che eravamo tutti pigiati nel minuscolo spazio davanti alla vetrina del locale.

«Io sono Kelley e la spezia che preferisco nel latte

macchiato con zucca e spezie è lo zenzero!» gridò; poi scese dalla sedia e mi fece cenno di salirci a mia volta.

Incespicai, cercando con tutta me stessa di superare l'imbarazzo, e salii sulla sedia: «Io sono Gracy e mi piace la cannella?» dissi, non avendo mai riflettuto prima su quale spezia preferissi nel latte macchiato con zucca e spezie.

E la giornata andò avanti così, a suon di inutili attività per conoscersi meglio e bevande a base di caffè decisamente troppo dolci. A un certo punto, Kelley annunciò che avremmo giocato a 'Non ho mai...' come modo creativo per provare la nuova linea di bevande ghiacciate.

Quando fu il mio turno, mi sentii baldanzosa abbastanza da affermare: «Non ho mai visto un fantasma.» E, tutto sommato, era vero. Sapevo che c'era un fantasma in fase di formazione in casa mia, ma solo perché me lo avevano detto i gatti.

Rimasi davvero sorpresa quando, fra tutti, proprio Drake si scolò il proprio bicchierino di latte macchiato con zucca e spezie nella versione Coconut dream.

Drake. Mmm. Cosa sapevo di lui?

Aveva spesso un pessimo atteggiamento con i superiori, ma era sempre stato gentile con me. La vera domanda era: aveva bevuto solo per scherzo o aveva visto un fantasma sul serio? Se ne aveva davvero visto uno, forse avrebbe potuto aiutarmi con il mio bizzarro ospite.

Dovevo scoprirlo, così lo raggiunsi nel parcheggio mentre ci accingevamo a tornare a casa al termine di quel noioso pomeriggio di attività di formazione.

«Ehi, Drake» lo chiamai correndogli incontro. «Che giornata, eh?»

Lui si strinse nelle spalle con la stessa espressione indifferente che sfoggiava sempre: «Abbastanza pallosa, ma, se non altro, Kelley non ci taglierà lo stipendio come faceva il suo vecchio. Suppongo sia un buon inizio.»

Risi, al che Drake sollevò un sopracciglio e mi fissò con sospetto.

«Tutto a posto, socia zuccosa?» mi chiese con un sorrisetto malizioso.

«Sì, sì» gli assicurai cercando di ignorare il calore alle guance. «Solo un po' troppi zuccheri, oggi, suppongo.»

Annuì ed estrasse le chiavi dalla tasca: «Io sono arrivato» disse indicando la coupé blu lucente al nostro fianco. Era un'auto decisamente più costosa di quanto mi sarei aspettata da uno come lui. Sul serio, come faceva a permettersi una macchina simile con uno stipendio da barista part-time?

«Allora ci si vede» disse lui quando il mio silenzio si protrasse un po' troppo a lungo.

«Drake, aspetta!» gridai prima che si sedesse al posto di guida e se ne andasse.

Si accomodò sul sedile ma lasciò aperta la portiera, come in attesa che parlassi.

Mi schiarii la gola per guadagnare qualche istante. Era una domanda imbarazzante, soprattutto se lui aveva solo voluto scherzare durante il gioco. «Volevo chiederti se—»

Non riuscii a finire la frase perché lui mi interruppe di colpo: «Ma sì, certo che voglio uscire con te» rispose con un ampio sorriso affabile.

Sbattei le palpebre e feci un passo indietro: «Ehm, non era... Uh...» Dovevo chiarire la questione senza alienarmi le sue simpatie o si sarebbe rifiutato di raccontarmi i dettagli dell'incontro con il fantasma. Purtroppo era una situazione del tutto nuova per me e faticavo a trovare le parole. Quali erano le regole del galateo quando si discuteva apertamente di eventi paranormali? E quanto potevo rivelargli senza mettere a rischio la mia sicurezza o la mia libertà? Merlino mi aveva detto chiaramente che, se avessi parlato del mondo magico a persone che non ne erano a conoscenza, avrei trascorso il resto della mia vita in una terrificante prigione magica.

Stavo ancora riflettendo su come porre la domanda quando Drake aggiunse: «Facciamo da te alle otto? Perfetto. Ci vediamo dopo.»

Detto questo, chiuse la portiera e partì, lanciandomi un'ultima occhiata maliziosa prima di sparire nel traffico.

Mi misi a saltare agitando le braccia e scuotendo il capo, ma non ero certa che riuscisse a vedermi dallo specchietto retrovisore.

Come avevo fatto a combinare un pasticcio del genere? Avrei dovuto chiederglielo e basta. Cercare di affrontare l'argomento con delicatezza aveva solo peggiorato le cose.

Perché ora, a quanto pareva, avevo due problemi da affrontare.

E non avevo la minima idea di come risolverli.

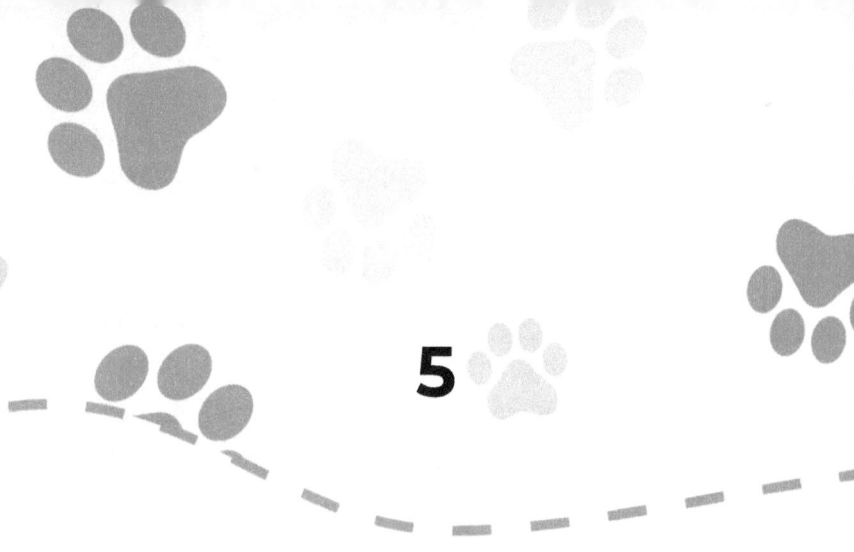

5

Quando tornai a casa, trovai entrambi i gatti spaparanzati sul pavimento della cucina. Agitavano la coda mentre dormivano: probabilmente stavano sognando. Detestavo l'idea di disturbarli, soprattutto vedendo quanto erano adorabili insieme, vicini e rilassati. Forse un giorno avrei avuto anch'io una storia d'amore bella come la loro, ma non certo ora. E non con Drake.

«Abbiamo un problema» annunciai tirando verso di me una sedia, sedendomi e togliendomi le scarpe.

«Più grave del fantasma?» chiese Merlino con uno sbadiglio.

«Non più grave, ma è comunque un problema.»

«Sentiamo» disse Luna dopo essersi stiracchiata

per bene tutte e quattro le zampe ed essersi avvicinata posizionandosi al mio fianco.

«Ho, tipo, accettato senza volerlo, o forse invitato... Mmm, non so esattamente cosa sia successo, ma ho un appuntamento con un tizio che lavora con me.» Che problema avevo a esprimermi quel giorno? Perché faticavo così tanto anche solo per delle semplici spiegazioni? Dovevo aver fallito miseramente a mostrare il mio scontento, perché i gatti si esaltarono moltissimo a quell'annuncio.

«Un appuntamento? È fantastico!» gli occhi azzurri di Luna scintillavano di gioia. Si tirò su a sedere e disse: «Ultimamente io e Merlino ci siamo preoccupati molto della tua vita amorosa.»

«Sul serio? Ti sei trasferita qui da appena una settimana, Luna. Come puoi essere già preoccupata per la mia vita amorosa?» Ero davvero un caso così disperato che perfino i miei gatti provavano pietà per me? Notoriamente, i gatti pensano solo a se stessi; allora perché passavano tanto tempo a pensare a me? A *preoccuparsi* per me?

«Oh, la vita non è nulla senza l'amore!» mi corresse Luna con un sospiro. «È come se fossi rinata, Gracy, benvenuta al mondo!»

«No, smettila» soffiai. Stavo iniziando ad assumere abitudini da gatto per via dell'influenza di quei due. Di quel passo, avrei iniziato a leccarmi il dorso della mano e strofinarmelo sulla fronte. Che il cielo mi aiuti!

«Non è un vero appuntamento» proseguii, stavolta mostrando palesemente lo scontento. «È successo per sbaglio; lui verrà qui stasera.»

«Ma stasera dobbiamo andare a Nocturna» mi ricordò Merlino torcendo le vibrisse, irritato.

«Lo so!» gridai. Perché era così difficile farglielo capire?

«Allora chiamalo e digli che dovete rimandare, tesoro» mi suggerì Luna con aria condiscendente. Non mi piaceva quell'espressione su di lei. E nemmeno su di me, peraltro.

«Non posso: non ho il suo numero.»

Luna si sforzò di continuare a sorridere, ma perfino io mi accorsi che vacillava: «Allora passa un attimo da lui a dirglielo.»

«Non so dove abita.»

«Allora come fa lui a sapere dove abiti tu, tesoro?» chiese con un sospiro.

«Bella domanda.»

«Non sembri molto emozionata per l'appuntamento» sottolineò, accigliata. «Com'è successo?»

Raccontai loro delle attività per conoscersi meglio e dell'ammissione di Drake durante 'Non ho mai...'

«Che strano gioco. Perché voi umani vi vantate di cose che non avete fatto? A noi gatti piace parlare dei risultati che abbiamo ottenuto, non della loro mancanza» brontolò Merlino.

«Il punto non è il gioco» sbottai. «Il punto è che Drake ha visto un fantasma. E quando ho cercato di chiedergli di parlarmi dell'accaduto, è saltata fuori questa storia dell'appuntamento.»

«Beh, un appuntamento è un'ottima occasione per chiedergli del fantasma, tesoro.» Ah, Luna. Sempre così ottimista. Iniziava a darmi sui nervi.

«Però dovremmo andare a Nocturna stasera» ricordai loro.

«Non devi per forza venire ovunque andiamo noi» disse Merlino in tono brusco. «Se vuoi abbandonarci per andare al tuo appuntamento, sopravvivremo.»

I primi segni di un mal di testa da stress si fecero strada lungo il mio collo e su fino al capo. Sarebbe stato un errore usare uno spruzzino per insegnare un po' di disciplina ai miei gatti, pur sapendo che erano in grado di parlare e che almeno uno di loro avrebbe potuto vendicarsi evocando fulmini?

Mi sforzai di non gridare con tutto il fiato che avevo: «Non è—»

Luna mi diede dei colpetti gentili sulla mano con

la zampa: «Va tutto bene, tesoro. Io e Merlino ci divertiremo a stare un po' da soli. E comunque, non vogliamo starti tra i piedi durante l'appuntamento.»

«Non è— *ACCIDENTI!*» Questa volta non riuscii a trattenermi: alzai le mani sopra la testa e le sbattei con violenza sul tavolo per la frustrazione.

«Come siamo permalosi» commentò Merlino sbuffando. «Non si preoccupi, Vostra Altezza. Ci occuperemo noi di fare tutto il necessario per tenere al sicuro casa nostra mentre tu ti divertirai a intrattenere il gentiluomo in visita.»

«Sapete cosa vi dico? E sia. Andatevene a Nocturna. E divertitevi pure senza di me, mentre io me ne resto qui e mi subisco un appuntamento che non ho chiesto e che non desidero.»

«Fantastico» cinguettò Luna. «Allora siamo tutti d'accordo?»

Mi coprii il viso con le mani e cercai di concentrarmi sul respiro.

«Gli umani maturano molto più lentamente dei gatti» sentii bisbigliare Merlino a Luna. «Forse ce la saremmo passata meglio con la signora anziana.»

«È troppo tardi per ripensarci?» chiese la gatta ad alta voce.

«Sai meglio di chiunque altro che, quando il

legame tra mago e famiglio si consolida, non è possibile spezzarlo senza—»

Luna trasse un respiro affannato: «Sì, lo so.»

«Quindi dobbiamo tenerci lei» aggiunse lui in tono cupo.

«Vi sento!» gridai. Poi mi precipitai in camera mia e chiusi la porta sbattendola forte.

Mmm. Forse non avevano poi tutti i torti sul mio livello di maturità.

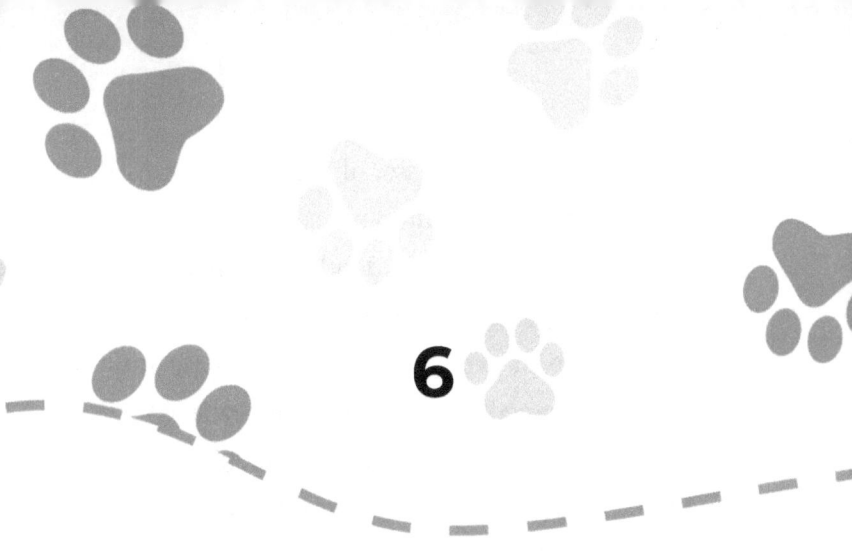

6

Quella sera il sole sarebbe tramontato circa un quarto d'ora prima delle otto, il che significava che, se Drake fosse arrivato in anticipo, avrebbe assistito alla magia che il mio gatto avrebbe effettuato in bella vista in cortile.

«Forse dovremmo spostare il calderone sul retro» suggerii mentre Merlino e Luna si dedicavano agli ultimi preparativi per il viaggio a Nocturna. Cosa avrei dato per andare con loro anziché dover restare a casa a intrattenere Drake in quella che, di certo, si sarebbe rivelata una serata imbarazzante!

«Dici sul serio?» soffiò Merlino con sguardo pungente. «Se lo spostassimo, rischieremmo di danneggiarlo. E se accadesse, il nostro accesso al mondo magico sarebbe perduto per sempre.»

«Ok, ok, scusa» balbettai dando un calcio a un ciuffo d'erba troppo lungo di fianco al vialetto. Anche se ero felicissima di avere finalmente una casa tutta mia, non avevo ancora preso dimestichezza con il tosaerba. Ogni volta che accendevo quell'aggeggio, l'odore di erba appena tagliata mi scatenava l'allergia, causandomi una serie di violenti starnuti. Ma poiché il lavoro andava fatto, in un modo o nell'altro, finivo per passarlo avanti e indietro per il cortile più in fretta che potevo, senza accertarmi di tagliare in modo uniforme. Era sempre meglio di niente, suppongo, e non avendo i soldi per assumere qualcuno che se ne occupasse, i vicini avrebbero dovuto sopportare un prato sistemato a quel modo.

«La prossima volta potresti programmare altrove i tuoi incontri romantici» disse Luna facendo le fusa. Iniziò a strusciarsi contro le mie gambe, ma io balzai via, fuori dalla sua portata. Non mi piaceva il suo atteggiamento nei confronti di quell'appuntamento indesiderato e della mia vita amorosa in generale.

«Non è un incontro romantico. Non c'è proprio niente di romantico» la corressi a denti stretti. «Non dimenticarti che si è autoinvitato.»

Merlino le bisbigliò qualcosa, abbastanza piano da

impedirmi di capire. Quando finì di parlare, entrambi si voltarono verso di me e iniziarono a ridere.

«Andatevene pure a Nocturna» dissi, ribollendo di rabbia e prendendo a calci un altro ciuffo di erba tagliata male. «Potete anche restarci per sempre, per quel che mi importa.»

I gatti continuarono a ridacchiare mentre saltavano nella vasca per uccelli, spruzzando acqua ovunque, poi scomparvero in un luminoso vortice verde. Dubitavo che mi sarei mai abituata a quei bizzarri modi per andare da un posto all'altro, che si trattasse di trasformare in portale magico il calderone dalle sembianze di vasca di pietra, o di telestrasportarsi per magia con due battiti di palpebre.

Ogni volta che la mia nuova vita da famiglio iniziava ad avere un po' di senso, accadeva qualcosa di così pazzesco che non pensavo sarei riuscita a conciliarlo con la mia precedente concezione del mondo.

Suppongo che, in quel periodo, ciò valesse per la maggior parte delle cose. Tutto oscillava tra il noioso ma sicuro e l'affascinante ma stressante. Ed ero piuttosto certa che gli eventi della mia vita con Merlino sarebbero sempre ricaduti in questa seconda categoria.

Ora che lui e Luna se n'erano andati, avevo

qualche minuto per truccarmi, a patto che Drake arrivasse puntuale o anche un po' in ritardo. Considerando il suo andazzo sul lavoro, avrei puntato tutto sul fatto che avrebbe fatto tardi e quindi avrei avuto un po' di tempo da dedicare a prendermi cura del mio aspetto.

Non avevo osato sfoderare un pennello da trucco o altri cosmetici mentre i gatti erano lì a prendermi in giro. Ma, anche se l'appuntamento con lui non mi interessava, volevo essere carina. E qualunque scusa era buona per sfoggiare uno dei mei make-up più audaci!

Non avevo in programma nessun vero *rendez-vous* sentimentale a breve termine, quindi avrei sfruttato quello finto con Drake per provare il set di ombretti da sirena che avevo acquistato da una nota boutique online.

Mi affrettai ad applicare l'intera gamma di colori vivaci, ma non fui abbastanza veloce: il campanello suonò quand'ero circa a metà del lavoro.

«Arrivo» gridai, voltando leggermente la testa da una parte all'altra. Se solo avessi avuto altri cinque minuti. *Grrr.*

Perfettamente puntuale, notai lanciando una rapida occhiata all'orologio del forno a microonde mentre passavo dalla cucina. Di certo non quel che mi sarei aspettata da lui.

Lo trovai in paziente attesa sulla soglia; indossava una camicia nera, giacca e cravatta, jeans e un paio di scarpe da ginnastica consunte.

«Ciao, Drake» dissi, lo sguardo posato sul fiore solitario che stringeva in mano. Era di un profondo rosso sangue, con petali molto appuntiti, di una varietà con non riuscii a riconoscere.

«Per te» disse con un sorrisino che trovai quasi affascinante.

«Grazie» risposi, accettando il dono. «È molto carino.»

«È un narciso nero, un tipo di dalia. Un cactus» mi spiegò con il suo tipico atteggiamento compiaciuto.

«Non sono molto esperta di fiori» ammisi un po' imbronciata. «Le piante grasse non vanno bagnate molto, giusto?»

«In botanica non esistono le piante grasse. Piante succulente, se mai» mi corresse con un sogghigno infilandosi le mani in tasca. «E il fiore ormai è stato reciso. Morirà a prescindere da quel che ne farai. Quindi non diventarci matta.»

«Oh» dissi in mancanza di una risposta migliore a

quelle inquietanti istruzioni. «Beh, grazie ancora. Ehm... accomodati.»

Corsi in cucina a cercare un contenitore in cui mettere il fiore. Di sicuro nonna Grace aveva lasciato almeno un vaso da qualche parte. Ma dopo una rapida ricerca mi arresi e lo sistemai in una caraffa vuota che avevo usato una o due volte per preparare la limonata.

Drake aveva guadagnato punti con quel gesto, dovevo concederglielo. Ma poiché non si trattava di un vero appuntamento, la cosa era del tutto irrilevante.

Ripensandoci, non avevo avuto nessun appuntamento da quando mi ero trasferita a Elderberry Heights, né avevo conosciuto qualcuno con cui mi sarebbe piaciuto averne. All'inizio ero stata troppo impegnata a sistemarmi nella nuova casa e prendere il ritmo con il lavoro, fingendo ancora di fare qualche progresso con la tesi. E ora ero troppo impegnata a risolvere omicidi, combattere maghi infuriati e occuparmi di gatti parlanti. Di questo passo, un vero appuntamento sarebbe stata una fortuna inaspettata.

Ma non era necessario che Drake sapesse niente di tutto questo.

Ora avevo un'unica missione da portare a

termine: scoprire cosa sapeva sui fantasmi e capire se le sue informazioni potevano tornarmi utili in qualche modo.

7

«Allora, guardiamo qualcosa su Netflix e ci rilassiamo o...» Drake sollevò un sopracciglio e mi rivolse un sorriso allusivo.

Non riuscii a reprimere il brivido che mi colse a quel pensiero: «No, no! Dammi cinque minuti e sono pronta per uscire.»

«Per andare dove?» chiese seguendomi lungo il corridoio.

«Non saprei. Dove preferisci!» gridai da sopra la spalla prima di entrare in bagno e chiudere la porta.

«Sei tu che mi hai chiesto di uscire» esclamò lui dal corridoio. «Immaginavo che avessi qualcosa in programma.»

Mi morsi il labbro per trattenermi dal dargli una rispostaccia. Se avessi inveito sul fatto che non avevo mai avuto intenzione di invitarlo a quel cosiddetto appuntamento, probabilmente si sarebbe rifiutato di dirmi ciò che sapeva sui fantasmi. Per ora dovevo stare al gioco.

«Che ne dici di una passeggiata al chiaro di luna?» suggerii quando uscii dal bagno, questa volta con il trucco completo. Almeno questo mi aveva migliorato l'umore.

«Stai molto bene» disse Drake con un cenno di approvazione. «Mi piace come ti sta quel trucco.»

«Ti intendi di make-up?» squittii.

«Non molto, ma ne ho fatto una questione di principio di farmi una cultura di base su un po' di tutto. Contribuisce a rendere interessante la vita. E, sì, certo che ho voglia di fare una passeggiata.» Sorrise e mi fece cenno di fargli strada.

All'improvviso mi sentii nervosa.

Era chiaro che Drake prestava molta più attenzione di quanto pensassi a quel che lo circondava. Poteva significare che, in qualche modo, gli avevo dato l'impressione di voler uscire con lui?

Quando uscimmo di casa mi porse il braccio e io accettai, sentendomi molto raffinata mentre passeggiavamo per il vicinato.

«Come sei entrata nel business del caffè?» mi

chiese con lo sguardo fisso in lontananza verso l'orizzonte.

«Iscrivendomi alla scuola di specializzazione» risposi meccanicamente. Era una domanda a cui mi era toccato rispondere spesso, soprattutto quando i miei professori e compagni di corso mi chiedevano perché perdessi tempo ed energie con un impiego temporaneo anziché concentrarmi per finire gli studi e trovare un buon lavoro. «E tu invece?»

«Mi limito a eseguire gli ordini.» Mi abbagliò con un sorriso birichino.

«Cosa intendi dire? Quali ordini?»

Emise un sospiro stanco: «È una delle condizioni del mio fondo fiduciario. Devo avere un impiego stabile e mantenerlo per poterne usufruire. Così, per obbedire al mio vecchio, ho scelto un lavoro il più modesto possibile, facendo esattamente l'opposto di ciò che lui aveva in mente per me.»

«Quindi sei un ragazzino ricco e viziato? Questo spiega alcune cose» dissi ripensando alla coupé sportiva scintillante.

«Mia cara, sono un *uomo* ricco e viziato, vedi di non dimenticartene.» Mi rivolse un sorriso affascinante e non potei fare a meno di ridere. Almeno c'era una cosa che avevamo in comune: i nostri cari si aspettavano di più da noi, o almeno qualcosa di molto diverso.

Sapevo che mi sarei laureata, prima o poi, ma ancora non avevo idea di cosa volessi fare nella vita. In realtà avevo scelto sociologia perché sembrava la facoltà che offriva la gamma più ampia di possibilità. Poi mi ero iscritta alla scuola di specializzazione perché è quello che si fa quando la propria laurea non offre un percorso professionale ben definito.

Mi piaceva che la vita fosse piena di sorprese, e un impiego con un monotono orario d'ufficio mi sembrava l'esatto opposto.

«Ma non ti annoi?» chiesi a Drake. «Con solo un lavoro part-time e nessuna aspirazione se non intascare i soldi di tuo padre?» Non c'era bisogno che sapesse che le mie aspirazioni erano altrettanto indefinite.

«Annoiarmi? Assolutamente no. E chi dice che non ho aspirazioni? Come ho detto, mi piace saperne di più un po' su tutto. Come un moderno studioso rinascimentale.»

«Come la botanica» dissi con un sorrisino. «E il make-up.»

Lui annuì: «E i fantasmi.»

Oh cielo! Mi aveva dato proprio lo spunto che mi

serviva. Non mi feci sfuggire l'occasione: «In effetti la questione mi incuriosisce.»

Lui piegò il capo e scoppiò a ridere: «È evidente. Non pensavi che l'avessi capito, oggi, nel parcheggio?»

Mi bloccai e lo fissai: «Ma tu—»

Si fermò anche lui pochi passi davanti a me, poi si girò a osservarmi: «Ho sfruttato la situazione a mio vantaggio. Era da un pezzo che volevo chiederti di uscire. Pensavo che in questo modo non ti sarebbe dispiaciuto.»

«Subdolo.» Ora il mio sorriso era così ampio da rischiare di farmi esplodere la mascella.

Lui mi fece l'occhiolino: «O geniale.»

«Andrei con subdolo» risposi ridendo; poi ripresi a camminare e lo presi di nuovo sottobraccio. «Allora, hai intenzione di parlarmi dei fantasmi?»

«Del fantasma» mi corresse. Aveva smesso di sorridere e aveva la mascella serrata e la fronte corrugata. «Ne ho visto soltanto uno, una volta.»

«Raccontami tutto» lo scongiurai dandogli una strizzatina al braccio.

Il suo volto si illuminò di nuovo: «Beh, suppongo di aver ottenuto ciò che volevo stasera, ovvero trascorrere un po' di tempo con te. Quindi immagino sia giusto accontentarti. Storia di fantasmi in arrivo!»

Si schiarì la gola e cominciò...

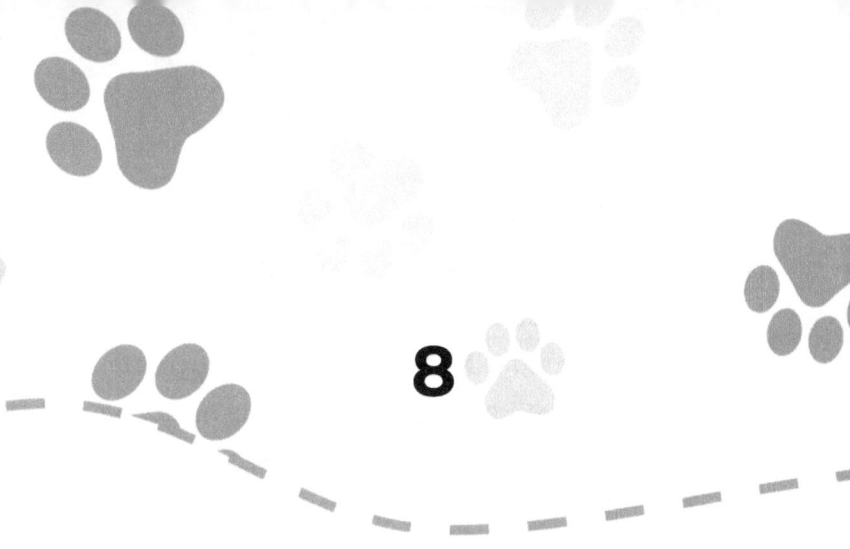

8

«Era una notte buia e tempestosa...»

Gettai la testa all'indietro con un gemito: «Ma dici sul serio?»

«Se vuoi sentire la storia, lasciami creare un po' d'atmosfera» disse Drake, i capelli scuri che gli ricadevano sugli occhi mentre mi sorrideva sollevando un solo angolo della bocca.

Alzai gli occhi al cielo e gli feci cenno di proseguire.

«Come stavo dicendo, era una notte buia e tempestosa.» Spalancò gli occhi e mi fissò, sfidandomi a protestare.

Quando vide che non aprii bocca, mi rivolse un bel sorriso soddisfatto.

«Avevo appena compiuto ventun anni, quindi ero

finalmente entrato in possesso del mio fondo fiduciario, e stavo percorrendo il paese in auto in lungo e in largo alla ricerca di un posto in cui stabilirmi. L'unico requisito? Che fosse il più lontano possibile dai miei genitori. Ero diretto a Miami, quando si scatenò un forte temporale; così accostai sul lato della strada, in attesa che si calmasse. Mentre me ne stavo seduto lì, è apparsa dal nulla questa donna vestita di bianco.» Il suo sguardo si fece vacuo, come se si stesse immergendo nei ricordi, e non avevo dubbi che stesse visualizzando la scena nella mente.

Trasse con difficoltà un profondo respiro prima di continuare: «Indossava un abito da sera vecchio stile ed era senza scarpe. Riuscivo a malapena a vederla oltre le fitte raffiche di pioggia, ma abbastanza da poter affermare con certezza che era semitrasparente.»

Sussultai: «Wow, allora hai visto davvero un fantasma!»

«Perché avrei dovuto mentire al riguardo?» mi chiese, con un sopracciglio scuro sollevato in un'espressione interrogativa.

L'intensità del suo sguardo mi spinse a lasciargli andare il braccio e allontanarmi un po': «Hai perfettamente ragione. Ti chiedo scusa. Vai avanti.»

Lui si strinse nelle spalle: «Non c'è molto altro

da dire. È arrivata un'altra auto che è quasi andata a sbattere contro lo spettro, ma è finita fuori strada all'ultimo momento. Una donna di mezza età alla guida di un furgone si è fermata a prestare soccorso all'automobilista che aveva avuto l'incidente. Poi ha smesso di piovere e io sono ripartito per Miami. Ci sono rimasto per qualche mese, poi mi sono stufato di tutto quel sole. Sono tornato in Georgia in cerca del luogo dove avevo visto il fantasma. Alla fine mi sono arreso e ho smesso di cercare. È stato allora che ho visto l'annuncio per l'impiego alla caffetteria e ho deciso di restare a vivere a Elderberry Heights.»

«Wow» bisbigliai sbalordita, anche se dovevo ancora elaborare ciò che avevo appena sentito. «Allora credi davvero ai fantasmi?»

«Certamente» dichiarò, con la stessa sicurezza che avrebbe mostrato se gli avessi chiesto se il cielo è azzurro. «Da allora ho visitato numerose case infestate e parlato con dei medium, ma in tutti i casi si trattava di frodi.»

Lo afferrai per una spalla e attesi che si chinasse verso di me per bisbigliargli: «E se ti dicessi che proprio ora c'è un fantasma che si sta materializzando in casa mia?»

I suoi occhi si illuminarono, affascinati: «Allora ti

chiederei cosa ci facciamo qui. Posso vederlo? Parlare con lui?» Sembrava un bambino il giorno di Natale.

«Non sono certa che sia già in grado di parlare, ma so che c'è. È ancora debole, ma sembra che si stia rafforzando.» Ero orgogliosa di me stessa per non aver menzionato i gatti nella spiegazione.

Temevo che mi ponesse domande a cui non avrei saputo come rispondere, invece si voltò e si avviò di buon passo verso casa mia, tale era il suo desiderio di vedere il fantasma con i suoi stessi occhi.

«Sai, è la cosa che rimpiango di più.» Camminava così velocemente che faticavo a stargli dietro. «Essermene rimasto lì, seduto in auto per tutto il tempo, anziché scendere e cercare di comunicare con lei.»

«Ma hai detto che un'auto ci è quasi finita contro» gli ricordai avvolgendomi le braccia intorno al busto mentre camminavamo. Anche se non faceva affatto freddo, mi serviva un po' di conforto per contrastare le sensazioni che quella conversazione suscitava in me.

Lui annuì: «Sì, un'altra auto lo ha spaventato, ma è rimasto lì a fluttuare per svariati minuti. Sembrava che stesse aspettando qualcuno, o qualcosa.»

La situazione stava diventando inquietante. Ok, lo era stata fin dall'inizio, ma più Drake mi svelava dettagli su quell'esperienza paranormale, più iniziavo a preoccuparmi per come sarebbe potuta andare la mia.

Sarebbe stato possibile spaventare e scacciare anche il fantasma che si stava materializzando in casa mia? E se fossi riuscita a liberarmene, io e i gatti ci saremmo persi un messaggio importante dall'aldilà?

Se solo avessi saputo...

9

Ritornai a casa insieme a Drake e lo invitai a entrare per fare la conoscenza del futuro fantasma. Questa volta mi sentivo molto più a mio agio ad averlo in casa. Ora lui sapeva come stavano le cose riguardo a quella specie di appuntamento e mi aveva anche raccontato del suo incontro con il fantasma.

Ovviamente speravo che se ne andasse prima che i gatti facessero ritorno da Nocturna. Non avrei potuto sopportare ancora le loro impietose prese in giro.

«Allora? Dov'è?» chiese avidamente, guardandosi in giro come se potesse scorgerlo a occhio nudo.

«Non sono certa che sia già visibile. Credo che si rafforzi durante la notte e ora il sole è tramontato da poco» spiegai, indicando l'angolo del soffitto dello stretto corridoio che conduceva alla mia camera da letto.

Drake marciò dritto verso il punto che avevo indicato e sollevò una mano estendendo bene le dita.

«Che cosa stai facendo?» chiesi, scoppiando in una fragorosa risata e resistendo all'impulso di darmi una manata sulla fronte. «Cerchi forse di dargli il cinque?»

Si voltò verso di me con un'espressione niente affatto imbarazzata, come mi sarei aspettata, bensì scherzosa: «Sto cercando di verificare se c'è un'anomalia temporale.»

Sbuffai: «Ed è così'?»

«Beh, mi sono appena reso conto che non ho idea di che genere di percezione possa dare un'anomalia temporale. Ok, ho visto un fantasma una volta, ma è stato più che altro un colpo di fortuna.» Piegò la testa di lato: «Come hai fatto ad accorgerti della sua presenza?»

Il cuore mi fece un balzo nel petto. Detestavo mentire, eppure, se gli avessi detto la verità su Merlino, mi sarei trovata rinchiusa in una squallida prigione magica per il resto della mia vita. Questa consapevolezza rendeva essenziale dire una bugia, ma non mi rendeva più brava a inventarne una.

«Oh, si tratta di... beh... un'intuizione» buttai lì. «A volte sento cose che le altre persone non sono in grado di sentire.» E questo era vero, se non altro perché i gatti avevano scelto di parlare con me anziché con altri umani.

Lui spalancò gli occhi e sembrò che all'improvviso mi vedesse da una nuova prospettiva: «Caspita! Quindi riesci a sentirlo? Comunica con te a parole?»

Scossi rapidamente il capo: «No, non a parole. Sono più dei suoni tipo... uh... onde che si infrangono delicatamente sulla spiaggia.»

«Come si fa a infrangersi delicatamente?» chiese con una risatina.

Non ero certa che si trattasse di una domanda retorica, così azzardai una risposta: «È difficile da spiegare. Tipo *shhspspspspshh.*»

«Sembra il verso che fa la gente per chiamare i gatti.»

Sorrisi, a disagio: «Ah ah, sì, una specie. In ogni caso, forse mi sto preoccupando inutilmente. Voglio dire, sembra una pazzia, no?»

Drake tornò verso di me percorrendo il corridoio: «Pazzia è il modo in cui la gente preferisce definire le cose che non riesce a comprendere. Per quel che vale, io ti credo e penso che sia una cosa fantastica.»

«Grazie» dissi con un sospiro di sollievo.

Drake sollevò una mano e me la appoggiò sul braccio: «Tu sei fantastica, Gracy. Non sei come tutti gli altri. Soprattutto negli ultimi tempi. E, ecco, a me questo piace moltissimo.»

Deglutii a fatica: «G-grazie.»

I suoi occhi si addolcirono mentre mi accarezzava il braccio con il palmo della mano: «Ascolta» mormorò. «So di averti trascinata io in questa storia dell'appuntamento e che tu sei troppo gentile per dire di no. Ma puoi dire di no ora, ok?»

Annuii e la sua mano raggiunse la mia spalla.

Lui fece un altro passo avanti: «Posso baciarti?»

Oh, caspita. Così all'improvviso. «No!» reagii, forse con un po' troppa enfasi.

Subito Drake mi lasciò andare e fece un passo indietro. Sorrise, ma era decisamente un sorriso forzato.

«Mi dispiace» borbottai. «È solo che, ora come ora, ho molte cose in ballo nella mia vita e—»

Lui sollevò una mano: «Va tutto bene. Ho capito. Non pensavo di piacerti, ma volevo esserne sicuro. Ti lascio alla tua serata. Se ti serve aiuto con il fantasma o vuoi passare un po' di tempo insieme, sai dove trovarmi.»

Mi superò e si diresse rapidamente verso la porta.

«Drake, mi dispiace!» gli gridai affrettandomi a

seguirlo. «Tu mi piaci ed è stato bello passare del tempo insieme stasera. Ma non ti conosco ancora abbastanza bene. E la questione di avere troppe cose in ballo per avere tempo per una relazione... un po' è vera.»

Lui piegò leggermente la testa di lato: «Non mi devi nessuna spiegazione. Sono una persona che si apprezza di più quando la si conosce meglio.»

«E magari ti apprezzerò nel modo che vorresti dopo che avremo trascorso più tempo insieme» buttai lì stupidamente. Drake non mi piaceva in quel senso e dubitavo che le cose sarebbero mai cambiate.

Lui si fermò con una mano già sulla maniglia della porta: «Allora pensi che prima o poi avrai voglia di una bella botta di Drake?»

Lo fissai a bocca aperta. Cercai di articolare una risposta, ma mi uscì una specie di gemito di disgusto.

Drake si voltò verso di me: «Di conoscermi meglio! Era questo che intendevo! Di frequentarci. Non... quello che hai pensato.»

Annuii senza proferire parola, gli occhi ancora spalancati per lo shock.

«Ok, penso che andrò a buttarmi da un ponte» disse lui aprendo la porta e uscendo.

Per un istante mi chiesi se avrei dovuto corrergli dietro, ma poi...

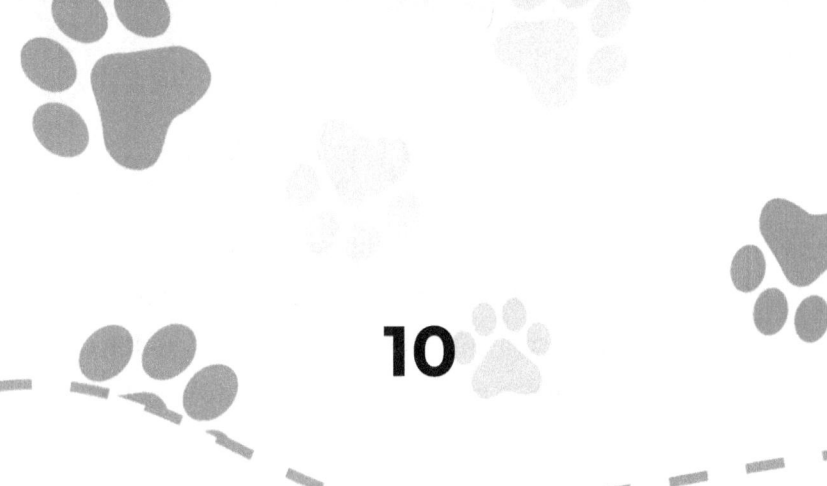

10

ate largo! Fate largo!» ululò Merlino; lui e Luna schizzarono fuori dalla vasca per uccelli in una cascata di scintille verdi.

«Zitto, qualcuno potrebbe sentirvi!» lo ammonii dalla soglia. Lanciai un'occhiata alla strada e fui sollevata di notare che Drake se l'era squagliata prima di quella manifestazione di magia nel bel mezzo del cortile.

«Quello lo conosco bene» balbettò Merlino, mentre lui e Luna mi oltrepassavano per rientrare in casa.

Per maggior cautela chiusi la porta a chiave.

«Cos'è successo?» chiesi, timorosa di sentire la risposta.

Luna si allungò a leccare la fronte di Merlino, che si rilassò visibilmente.

«Grazie, ne avevo proprio bisogno» disse alla sua fidanzata, facendo le fusa e continuando a ignorarmi.

Luna si strinse al suo fianco. Non sarei riuscita a separarli neanche se ci avessi provato. E mi sarei ben guardata dal farlo.

«Ci siamo imbattuti in certe vecchie conoscenze di Merlino, che non erano esattamente liete di rivederlo. O di vederci insieme» mi spiegò lei con la sua vocetta ritmata.

«E che cosa hanno fatto?» chiesi. Merlino era poco più che un gattino. Scegliermi come famiglio gli aveva consentito di diventare mago a pieno titolo, ed era accaduto da pochissimo tempo. Come faceva un gatto così giovane ad avere già degli acerrimi nemici?

«Lo hanno sfidato a duello e lui...» Luna lo fissò stringendo gli occhi. «Ha stupidamente accettato.»

«Caspita, saresti potuto morire?» sbottai in preda all'ansia e alla sorpresa. «Che diavolo ti è passato per la testa?»

«Non ha usato la testa» rispose Luna con un sospiro. «Ma devi anche ricordare che noi gatti facciamo le cose in modo diverso rispetto a voi umani.»

«Un duello con le pistole? Come in *Hamilton*?» Mi immaginai Merlino, con indosso un costume d'epoca, girare in cerchio insieme a un altro gatto in abiti coloniali, intenti a rappare le proprie recriminazioni. Avrei dato non so cosa per vedere uno spettacolo del genere.

«Certo che no» disse Luna arricciando le labbra per il disgusto, come se riuscisse a immaginarsi la scena che avevo in mente.

«E allora cosa?» chiesi in tono serio.

Merlino prese finalmente la parola, il pelo che fremeva sulle spalle: «Non sarebbe stato poi così male. Noi gatti combattiamo con ciò che abbiamo a disposizione.»

Sollevò una zampa e sfoderò gli artigli: «Utilizziamo un mix di magia e buone vecchie azzuffate.»

Luna gli diede dei colpetti finché lui non rinfoderò le armi. «I gatti si battono a zampate. I gatti magici utilizzano artigli fantasma.»

Scossi il capo: non riuscivo a capire quella strana metafora.

«Ci battiamo contro la magia dell'avversario» mi spiegò lui premendo le orecchie contro la testa, sollevando le zampe e colpendo l'aria per farmi capire meglio: «Così. Ma non puntiamo a ferire il muso o l'orgoglio. Attacchiamo la magia l'uno dell'altro finché uno degli avversari non ne ha più abbastanza per continuare il duello.»

«Vi uccidete?» Mi sembrava una barbarie. Ma se gli umani potevano arrivare a strappare la vita a un loro simile, evidentemente anche altre specie potevano farlo. Anche se avrei tanto desiderato che non fosse così.

Merlino sussultò: «No, molto peggio. Chi perde sopravvive, ma senza la magia. Un destino peggiore della—»

«Eh-eh-ehm!» mi schiarii rumorosamente la voce per interromperlo.

«Che problema c'è?» chiese lui; puoi lanciò uno sguardo a Luna al suo fianco e abbassò il capo per il rammarico. «È vero... Ti chiedo scusa.»

«So che non intendevi ferirmi» disse lei con dolcezza, ma visibilmente addolorata dalle sue parole. «Proprio come so che non metteresti a rischio i tuoi poteri magici ora che una minaccia incombe sulla nostra casa.»

«Perché quei gatti ti hanno sfidato a duello? Non puoi aver fatto niente di *così* terribile.» Certe volte era sarcastico e sgradevole, ma nel complesso Merlino era un bravo gatto. Non sembrava tipo da farsi dei nemici... Beh, a parte la vecchia questione con Luna. Sapete una cosa? Lasciamo perdere. Era evidente che si era fatto una buona dose di nemici nella sua seppur breve vita. Forse era così per tutti i maghi. Io ne sapevo ancora troppo poco di quel mondo e di tutte le sue stranezze.

Merlino ruggì: «Beh, prima di stare con me, Luna era la fidanzata di Tom.»

«Tom il gatto?» ripetei. «Come quello di Tom e Jerry?»

«Sì, Tom. E quando si è accorto che lei ha perso i suoi poteri, ha dato la colpa a me. Si è infuriato e mi ha sfidato, nell'incauto tentativo di vendicarla.»

«Che romantico» dissi con un sorriso sdolcinato.

Luna scosse il capo con cocciutaggine: «Non ho bisogno di essere vendicata, né da Merlino, né da Tom, né da nessun altro. Ho fatto le mie scelte e combatterò le mie battaglie, con o senza la magia. Ma, ovviamente, Merlino ha accettato la sfida prima che avessi la possibilità di spiegarglielo.»

Merlino annuì cupamente: «E quando Luna ha espresso il suo scontento, non abbiamo potuto fare altro che fuggire via, nella speranza di riuscire a riattraversare il portale prima che Tom e i suoi compari riuscissero a catturarci.»

«Ti prego, dimmi che avete scoperto cosa fare con il fantasma prima che accadesse tutto questo» borbottai sconvolta.

«Certo che sì» rispose Luna con un ampio sorriso, che però svanì rapidamente. «Ma sarà meglio che Merlino non si faccia vedere a Nocturna per un po'.»

«Ma senza di lui nessuno di noi può andarci.»

«Lo so» disse lei con uno scatto della coda. «Quindi per un po' non potremo chiedere aiuto lì.»

Grandioso. Il nostro collegamento con il mondo magico era stato temporaneamente reciso proprio quando ci trovavamo a dover affrontare un grosso e imminente problema di natura magica.

Questo non avrebbe di certo facilitato le cose.

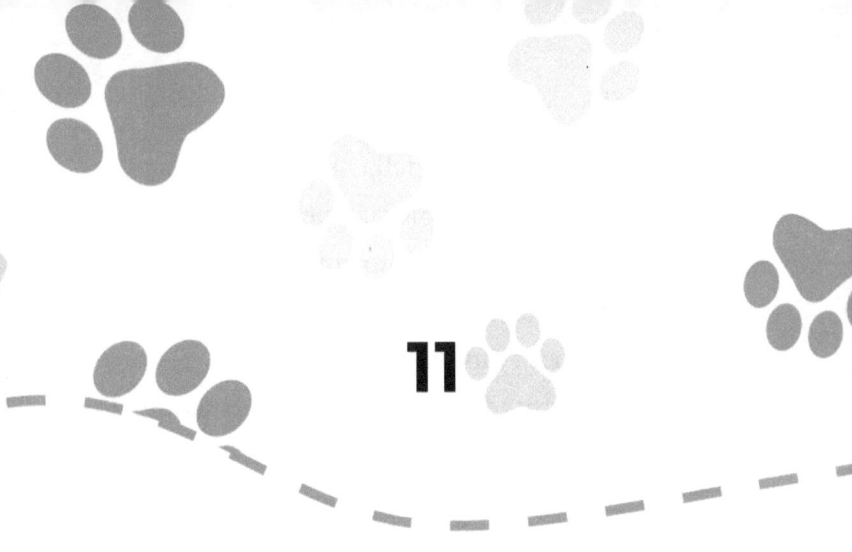

11

«**M**a hai detto che avete trovato le informazioni che ci servono» sottolineai, sperando con tutta me stessa che fosse vero. Senza la possibilità di recarci a Nocturna e di contattare i maghi che ci vivevano, avremmo dovuto affrontare completamente da soli il nostro ospite indesiderato.

«Calmati, ok?» sbottò Merlino fissandomi con i grandi occhi verdi. «Non ti ricordi la regola numero due?»

Sì, ricordavo che dovevo fidarmi di tutto ciò che diceva senza fare domande. Una regola terribile, ma che lui insisteva seguissi alla lettera.

Premetti le labbra in una linea rigida e aspettai che mi dicesse di più.

E quando fu soddisfatto della mia silenziosa accettazione, proseguì con la spiegazione: «Siamo andati in biblioteca e abbiamo trovato un incantesimo per intrappolare il fantasma.»

Rimasi a bocca aperta: «A Nocturna c'è una biblioteca?» squittii deliziata. Oh, volevo assolutamente andarci!

«Sì. Perché la fai tanto lunga?» Scuoteva la coda tanto selvaggiamente da sembrare uno di quei pupazzoni ad aria che salutano sbracciandosi davanti ai concessionari d'auto.

«Niente. È solo che mi piacciono i libri e—»

«Possiamo evitare di divagare?» sbottò lui, evidentemente ancora di cattivo umore dopo il mancato duello con Tom.

Luna mi rivolse uno sguardo gentile: «La biblioteca è davvero magnifica, ma è progettata per i gatti. Temo che non riusciresti a passare dalla porta, tesoro.»

E fu così che il mio sogno si infranse. Non mi era stato concesso neanche il tempo di immaginarmi rifugiata tra pile di antichi libri magici. *Sigh*.

Merlino si accucciò con le zampe sotto al corpo, delegando a Luna il compito di avere a che fare con me.

Lei si alzò in piedi e si stiracchiò, tenendo la coda

ben alta: «Abbiamo trovato l'incantesimo che ci serve, e dovrei avere tutti gli ingredienti necessari nel mio giardino. Non avendo più poteri magici, non potrò preparare la pozione io stessa, ma so come fare. Posso dare istruzioni a Merlino affinché la prepari. O a te.»

Oh, giusto! In qualità di famiglio di Merlino, fungevo da contenitore per la sua magia. Una specie di caricabatterie portatile. Non potevo lanciare incantesimi, ma avevo una scorta di energia sempre a disposizione per il mio signore felino.

«C'è solo un problema» dissi non appena me ne resi conto. «Il tuo giardino si trova nella casa che apparteneva a Virginia. Non possiamo entrarci.»

Lei mi rivolse un sorriso diabolico: «Il giardino è all'esterno. Ci basterà passare di lì e prendere quello che ci serve.»

Feci una smorfia: «Si tratta di furto, lo sai?»

Merlino rise: «Dopo tutto quello che abbiamo passato ti preoccupi di rubare qualcosa? E comunque, il giardino è di Luna. È stata lei a coltivarlo e a occuparsi delle piante. A chi altri potrebbe appartenere se non a lei?»

«Non stare a pensarci troppo. Ti verrà mal di testa» mi suggerì Luna. Poi premette il corpo contro il fianco di Merlino: «Su, andiamo. Ci servono quegli ingredienti se vogliamo liberarci del fantasma.»

Sospirai. Ovviamente aveva ragione. Ma non mi sentivo comunque a mio agio all'idea di intrufolarmi in una proprietà che non ci apparteneva.

Tuttavia, quando i gatti prendevano una decisione, non c'era modo di far cambiare loro idea.

Così appoggiai una mano sulla schiena del mio Main Coon magico, rassegnata a ciò che sarebbe accaduto.

Gli sarebbe bastato sbattere le palpebre due volte e tutti e tre ci saremmo teletrasportati al giardino.

In realtà finimmo all'estremità del cortile, vicino a un grosso albero che conoscevo fin troppo bene. Rabbrividii, ricordando le altre volte in cui ero stata in quel luogo. Nessuna di esse si era rivelata piacevole. La prima volta io e Merlino vi avevamo fatto irruzione, finendo solo per ricevere aperte minacce dalla nostra nemica di allora, Luna. In seguito lei mi aveva rapita e usata per preparare un filtro d'amore, anche se all'epoca non lo sapevo. Ma il ricordo peggiore di tutti era lo scontro finale con Virginia e la malvagia maga dell'illusione che aveva tramato contro di noi. Durante lo scontro, quello stesso albero accanto al quale ci trovavamo ora aveva preso vita e combattuto al nostro fianco.

Spaventoso, spaventoso, spaventoso.

C'era da meravigliarsi che fossi restia a tornare in quel posto nel cuore della notte?

Un bagliore rosso attirò la mia attenzione. Mi voltai in fretta e furia, in parte aspettandomi di vedere un mago impazzito correre verso di me. Ma era solo il cartello IN VENDITA che sventolava nella brezza leggera.

Luna giunse al mio fianco e disse: «Virginia non aveva famiglia. Nessun parente. Era uno dei motivi per cui l'avevo scelta. È molto più facile addestrare un famiglio che non ha stretti legami emotivi.»

«È per questo che mi hai scelta?» chiesi a Merlino, valutando se dovessi sentirmi offesa. I maghi felini sceglievano individui rifiutati dalla società? Questo significava che i miei gatti mi ritenevano una perdente della quale nessuno avrebbe sentito la mancanza?

«È per questo che avevo scelto tua nonna» mi spiegò Merlino senza guardarmi. «Poi mi sono ritrovato con te quando lei se n'è andata.»

Sbuffai: «Grazie per avermelo ricordato.»

«Ehi, guarda che sono soddisfatto della mia scelta, a prescindere da come è stata fatta.»

Quelle parole mi fecero sorridere: «Ok. Siamo qui per gli ingredienti, giusto? Allora prendiamo quello

che ci serve e andiamocene. Che ora qui viva qualcuno o meno, non mi sento a mio agio a ficcanasare
in giro.»

«Il tuo senso morale è proprio discutibile a volte»
disse Merlino sollevando il capo e fiutando l'aria. «Ma
così sia.»

12

L una ci fece strada nel giardino sul retro. Faticavo a vedere nell'oscurità della notte, ma i gatti procedettero senza esitazione a raccogliere varie erbe e fiori, adagiandoli in un mucchietto ai miei piedi.

«Ci vorrà ancora molto?» chiesi dopo qualche minuto.

Proprio allora una luce illuminò il cortile, accecandomi per l'improvviso bagliore.

«Ehi!» gridò qualcuno di fianco alla casa, mentre dei passi risuonavano frettolosi nella nostra direzione. «Chi è là?»

Rimasi immobile, sperando che Merlino ci teletrasportasse via di lì, prima che la proprietaria della voce ci raggiungesse.

Ma non fui così fortunata. Francamente credo che non ci avesse neanche provato.

«Gracy?» gridò la nuova arrivata con un sussulto. «Che cosa ci fai qui?»

Finalmente i miei occhi iniziarono ad abituarsi alla luce. Li strizzai per mettere a fuoco e la sagoma di fronte a me prese lentamente le sembianze di Kelley Carmine, mia amica nonché mio capo.

«Ciao» dissi agitando goffamente la mano.

«Che cosa ci fai qui?» chiese lei una seconda volta, avvicinandosi senza esitazione ora che ci eravamo riconosciute.

«Oh, beh...» Risi per nascondere il nervosismo. «Ho portato i miei gatti a fare una passeggiata al chiaro di luna.»

Lei piegò la testa di lato: «Nel giardino sul retro di casa mia?»

Feci un passo indietro: «Tua? Pensavo che questa casa fosse in vendita. Mi dispiace! Non mi sono resa conto—»

«Oh, va tutto bene.» Kelley agitò la mano come per minimizzare e fece una faccia buffa: «Non è ancora ufficialmente mia. Ma l'offerta che ho fatto è stata accettata proprio oggi, quindi presto lo sarà.»

«Congratulazioni, Kelley! È fantastico!» Sorrisi sollevata. Non mi piaceva ficcanasare a casa della mia amica senza essere stata invitata, ma era sempre meglio che se si fosse trattato di uno sconosciuto.

Le guance le si tinsero lievemente di rosso: «Sì, ora che gestisco un'attività, sto cercando di sistemarmi. Mi sarei sentita a disagio nella vecchia casa di mio padre, così ho fatto qualche ricerca e ho trovato questo cottage: è tanto grazioso. Sono venuta a prendere un po' di misure, così posso iniziare a pensare a come arredarlo.»

«Hai scelto una casa davvero carina. Questo giardino è splendido.»

Entrambe volgemmo lo sguardo verso i filari di erbe e fiori che riempivano almeno metà del giardino sul retro.»

Kelley scosse il capo: «Lo pensi davvero? Io non conosco neanche la metà di queste piante. In effetti stavo pensando di eliminare tutto e piantare dei tulipani. Sono i miei fiori preferiti e ho sentito dire che sono più facili da far crescere rispetto a molte altre piante.»

Luna sussultò e cadde sull'erba.

«Mmm, il tuo gatto sta bene?»

«Sì, sì. Luna sta benissimo. Stanno bene entrambi. Scusa se ci siamo presentati qui così all'improvviso. I gatti hanno fatto strada e io li ho seguiti.» Era la miglior scusa che avessi mai trovato, anche perché era assolutamente vera; mancava solo tutto il contesto reale.

«Va tutto bene. Come ho detto, non è ancora casa mia. Ma quando lo sarà, tu e i tuoi gatti sarete sempre i benvenuti.» Poi Kelley mi prese per mano e mi trascinò con sé: «Visto che sei qui, vieni a dare un'occhiata all'interno. Riesci a crederci, Gracy? Ho comprato una casa! O sto per farlo, poco importa! Una casa tutta mia!»

Risi mentre raggiungevamo insieme l'ingresso principale. Anche se era strano che Kelley avesse acquistato proprio quella casa, non ero per niente sorpresa del fatto che avesse già un posto tutto suo. Suo padre sarebbe stato davvero orgoglioso di lei.

Kelley armeggiò con la cassetta di sicurezza dell'agente immobiliare e ne estrasse una chiave. «Dovrai usare un po' l'immaginazione, ok? La proprietaria precedente aveva gusti davvero terribili, ma il mio agente mi ha assicurato che farà portare via tutto prima che mi ci trasferisca.»

Sorrisi e annuii mentre lei infilava la chiave nella serratura.

«Ci sono stampe floreali ovunque» esclamai non appena accese la luce. Ed era ovvio: quella era stata la casa di una maga della natura e del suo famiglio.

«È una cosa triste, vero? Non so come sia morta la

proprietaria precedente, ma so che non aveva nessuno a cui lasciare la casa o la sua roba. Se ci penso, mi immagino questa povera vecchietta tutta sola, chiusa in questa casa decrepita, con solo uno o due gatti a tenerle compagnia.» Mi lanciò un'occhiata e si morse il labbro: «Senza offesa, eh.»

Oh cielo, si sbagliava completamente su Virginia.

«Intendi per i gatti?» chiesi con un sorriso scherzoso.

«Per la casa. Non dico che uno stile retrò non possa avere il suo fascino. È solo che...» Fece un cenno a indicare la stanza. «Ci sono davvero troppi fiori qui.»

Bene, a quanto pareva ero diventata lo stereotipo della vecchietta. *Magnifico.*

«Casa mia apparteneva a mia nonna» spiegai mentre ci dirigevamo in cucina. «Ho un sacco di bei ricordi di fatti avvenuti in quella casa esattamente così com'è. Non ho il coraggio di apportare dei cambiamenti.»

Kelley si acciglio, mortificata: «Oh, mi dispiace così tanto. Non avevo capito... Condoglianze.»

Ridacchiai: «Nonna Grace e viva e vegeta. Si è trasferita in Florida.»

«Un'ottima scelta, suppongo.» Mi fece l'occhio-lino, poi mi guidò verso la sala da pranzo: «Presto inviterò te e gli altri colleghi a una bella cena per festeggiare.»

«Fantastico» dissi entusiasta.

«Oh, lo sarà eccome» promise, lo sguardo perso come se stesse visualizzando quella scena futura.

Io, dal canto mio, non riuscivo a pensare ad altro che a Virginia e agli orribili eventi che si erano verificati in quel luogo.

Beh, almeno sapevo che Virginia stava dando la caccia a me, quindi avrebbe lasciato in pace Kelley. Perché, per quanto potesse essere difficile proteggermi da uno spirito in cerca di vendetta, sarebbe stato ben più complicato proteggere la mia amica senza svelarle l'esistenza della magia.

13

opo avermi mostrato la camera da letto principale, Kelley mi riaccompagnò all'ingresso e mi fissò con gli occhi chiari velati di preoccupazione: «Gracy, pensi che mi stia sobbarcando troppe responsabilità, tra la caffetteria e la casa nuova? Voglio dire, sono qui da appena un mese e... beh... non è stato un periodo facile, avevo appena conosciuto mio padre e poi lui è morto e—»

Le appoggiai una mano sulla spalla: «Va tutto bene, Kelley. Hai molte cose in ballo, ma so che puoi farcela. Stai facendo ottimi progressi con la caffetteria e farai grandi cose anche con la tua nuova casa.»

Mi fissò con gli occhi che le scintillavano: «Lo pensi davvero?»

«Certo che sì. Credo in te e ti sarò sempre accanto.» Sembrava che, aiutando Kelley ad affrontare la morte del padre, fossi diventata, seppur accidentalmente, la sua mentore. E mi andava bene. La apprezzavo e volevo che fosse felice. Inoltre, speravo non scoprisse mai che inizialmente l'avevo sospettata di aver ucciso suo padre. Ora sapevo bene che non avrebbe mai fatto una cosa tanto orribile. Non era proprio quel genere di persona.

Kelley sospirò e mi abbracciò stretta: «Sono davvero fortunata ad avere un'amica come te. Dico davvero. È come se avessi una morsa nel petto e più il momento della riapertura del locale si avvicina, più la sento stringersi. Inizio perfino a fare fatica a respirare. Cosa accadrà quando arriverà il gran giorno? Temo che per allora non mi sarà rimasto neanche un briciolo di ossigeno.»

Le diedi qualche colpetto d'incoraggiamento sulla testa come si fa con i bambini turbati. In effetti, Kelley era poco più che una bambina. Aveva già dovuto affrontare fin troppe difficoltà per una ragazza di diciotto anni. Anche se ero poco più grande di lei, non avevo nemmeno lontanamente così tante responsabilità beh, se non contiamo la faccenda del gatto magico con schiere apparentemente infinite di nemici.

«È solo ansia» le dissi, ricordandomi delle parole

che una volta mi aveva detto mia nonna. «Può sembrare brutto, ma è anche una cosa positiva, sai?»

Kelley si scostò da me e mi guardò come se fossi impazzita: «Positiva? Com'è possibile?»

«Significa che ci tieni. La vita è molto più bella quando hai persone e cose importanti per te. E sai qual è l'aspetto migliore? Puoi imbrigliare l'ansia e trasformarla in motivazione. In forza per andare avanti. Sfrutta l'energia derivante dal nervosismo come propulsione per perseguire i tuoi obiettivi e vedrai che li raggiungerai in un batter d'occhi.»

«Sembri parlare per esperienza» disse con un sorrisino tirato.

Annuii: «Beh, così diceva mia nonna.»

«È un buon consiglio. Tua nonna ne aveva qualcuno anche sull'amore?»

Spalancai gli occhi a quella rivelazione: «Sei innamorata!»

Lei arrossì e abbassò gli occhi: «Beh, è solo una cotta e so di non avere tempo per pensare a queste cose, ora come ora, ma ogni volta che lo vedo entrare in caffetteria... Ops, ho già detto troppo.»

«Kelley!» sussultai, afferrandole le braccia e costringendola a guardarmi negli occhi: «Ti prego, dimmi che non si tratta di Drake.»

Lei si strinse timidamente nelle spalle: «Lo so, lo

so. È sempre così disinvolto, come se non gli importasse niente di ciò che gli altri pensano di lui. Vorrei avere altrettanta sicurezza in me stessa.»

«Per te l'opinione degli altri è importante, e va bene così. È perché tieni a loro. E questo è molto meglio della fredda sicurezza di Drake.»

«Forse. Ma è così intelligente, sa un sacco di cose sugli argomenti più disparati.»

«Ha una cultura di base un po' su tutto» dissi, citando le sue parole di quella sera.

«Esattamente!» disse Kelley con espressione romantica. «Credi che abbia una possibilità con lui?»

«Beh, tecnicamente sei il suo capo. Sono piuttosto certa che sia vietato per legge.»

Il suo volto si acciglò: «Hai ragione. A che diavolo stavo pensando? E comunque, ora non ho tempo per una relazione.»

«Ehi. Arriverà il momento giusto anche per questo. E un giorno troverai un uomo che sarà felicissimo con te. Guarda cosa hai già realizzato con l'attività e la casa!» Detestavo scoraggiarla, ma sapevo che Drake era interessato a un'altra. E quell'altra ero io. Quanto avrei voluto che non fosse così, soprattutto sapendo che Kelley sarebbe stata ben lieta di trovarsi al mio posto come oggetto delle sue attenzioni.

Lei sorrise: «Hai ragione anche questa volta. Ora

dovrei lasciarti tornare dai tuoi gatti prima che scappino via, non credi?»

Giusto, i gatti.

La salutai con un rapido abbraccio: «Grazie per avermi mostrato la casa. È proprio carina. Congratulazioni, Kelley. Ci vediamo al lavoro!»

Uscii e mi fiondai al giardino sul retro, utilizzando la torcia del cellulare per vedere dove mettevo i piedi. Trovai entrambi i gatti in piedi accanto al vecchio pozzo che un tempo era stato il calderone di Luna.

Lei aveva un'espressione di totale struggimento d'amore, mentre Merlino era l'immagine stessa della rabbia. Li avevo forse interrotti mentre si scambiavano effusioni? *Sul serio?*

«Se avrete dei cuccioli, sappiate che non ho nessuna intenzione di allevarli io» ringhiai nel buio.

«Basta così» ruggì Merlino. «Non è colpa nostra se ci hai impiegato un'eternità a tornare. Dovevamo pur fare qualcosa per far passare il tempo. Ora siamo pronti ad andare, Vostra Altezza?»

Annuii stupidamente.

«Allora appoggia una mano su di me, così ci teletrasportiamo a casa» mi ordinò.

Esitai: «Ehm, ok.»

Luna fece un passo avanti, gli occhi azzurri che assunsero una tonalità rossastra alla luce della torcia:

«Gracy, tesoro. So a cosa stai pensando, ma va tutto bene. Ci stavamo solo toelettando un po' a vicenda.»

Toelettando, come no.

Non volevo restare bloccata in quella situazione imbarazzante nemmeno un istante più del necessario, così appoggiai una mano sulla testa di Merlino.

Lui sbatté le palpebre due volte e ci ritrovammo a casa.

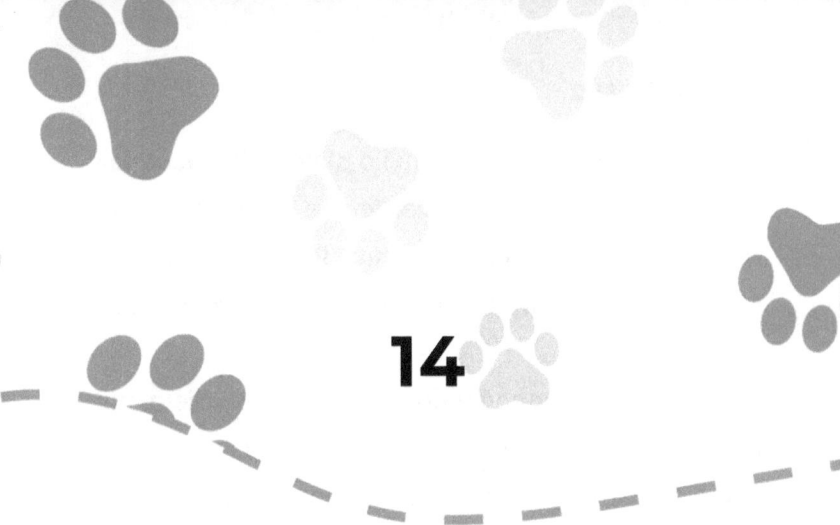

14

«Aspetta!» gridai non appena i miei piedi si posarono sul pavimento di linoleum della cucina. «Abbiamo dimenticato gli ingredienti per l'incantesimo!»

«Ci abbiamo già pensato mentre ti aspettavamo» disse Merlino, facendo un cenno con il capo verso il tavolo, sulla cui superficie era stata sparsa una notevole varietà di piante.

«E questo a cosa serve?» chiesi prendendo in mano l'unico oggetto presente sul tavolo: una decorazione da giardino in ceramica a forma di rana dalla gigantesca bocca aperta.

Luna sorrise con aria malinconica: «Quello apparteneva a Virginia. Lo teneva sul portico. Lo usava per nasconderci la chiave di riserva.»

«Come chiunque altro nello stato della Georgia» scherzai. Sul serio, perché tenere una chiave di riserva per nasconderla in un luogo così ovvio? «Perché lo hai portato qui? Senti la sua mancanza, Luna?»

La gatta, solitamente docile, mi soffiò: «Cielo, no! Come puoi anche solo pensare che senta la mancanza di quel mostro? Ci serve qualcosa che sia appartenuto allo spirito quando era in vita. Ci aiuterà a evocarlo e intrappolarlo.»

«Per evitare di intrappolare il fantasma sbagliato?» chiesi, impassibile. «In effetti fanno la fila alla porta di casa.»

Luna scosse il capo a quella frase sarcastica: «Un incantesimo è molto più potente se ci si aggiunge un oggetto appartenuto a colui a cui si intende lanciarlo.»

Oh sì. Lo sapevo. «Come quando hai usato il pelo di Merlino per il filtro d'amore?» sottolineai sollevando un sopracciglio.

Lei tossicchiò: «Esattamente.»

«Quindi è tutto pronto? Possiamo preparare la pozione?»

«Porta tutto in giardino, così potremo iniziare» mi disse la gatta, e io mi affrettai a obbedire.

Nuovamente mi chiesi quanto fosse saggio tenere

il calderone nel cortile davanti a casa, ma, se non altro, l'ora era abbastanza tarda da non doversi preoccupare dei vicini ficcanaso.

I gatti prepararono insieme la pozione, mentre io tenevo d'occhio la strada, nel caso in cui fosse stato necessario dare l'allarme.

Fortunatamente, impiegarono pochi minuti per terminare l'operazione.

«Gracy, vieni a prendere questo» mi chiamò Luna quando ebbero finito.

Nella vasca c'era la piccola rana di ceramica, la bocca piena di un liquido verde scuro. Sembrava una di quelle disgustose misture che mia madre preparava con il frullatore e cercava di costringermi a bere la mattina prima di andare a scuola.

Non mi importava niente che fossero ricche di antiossidanti: mi rifiutavo di ingerire una roba che sembrava raschiata via dal fondo di uno stagno e ne aveva anche il tanfo.

Riuscii a stento a reprimere una battuta quando sollevai la rana piena di pozione e la portai in casa.

«Mettila nell'angolo del corridoio» mi istruì Luna. «Nel posto in cui abbiamo percepito il fantasma in formazione la scorsa notte.»

«A che cosa serve, di preciso?» dissi dopo aver seguito alla lettera le sue istruzioni.

«Aiuterà Virginia a materializzarsi più rapidamente, poi la intrappolerà e noi potremo affrontarla.»

«E come pensiamo di affrontarla?»

«Eh, ci penseremo quando sarà il momento» aggiunse Merlino stiracchiandosi pigramente.

«Magnifico» mormorai, versando delle crocchette nelle ciotole dei gatti. «Sono lieta di sapere che stiamo facendo tutto il possibile per la nostra sicurezza. Ora, se non avete più bisogno di me, andrei a dormire.»

I gatti si precipitarono a mangiare. Ma prima di affondare la testa nella ciotola, Merlino lanciò uno sguardo al tavolo e si accigliò: «Luna, amore mio, abbiamo forse dimenticato uno degli ingredienti della pozione?»

Lei smise di mangiare e sollevò il capo: «No. Ci abbiamo messo tutto il necessario.»

«Allora che cos'è quello?» chiese lui puntando il naso verso il tavolo, dove il fiore che Drake mi aveva regalato faceva ancora bella mostra di sé in una caraffa semivuota.

Entrambi lanciarono uno sguardo al tavolo e poi a me.

«Gracy» disse Luna con una vocina cantilenante. «Quello non viene dal mio giardino. È forse tuo?»

No, no, no. Avevo sperato che saremmo stati abbastanza impegnati da risparmiarmi le prese in giro dei gatti sul mio mancato appuntamento. Avevano già infierito a sufficienza prima dell'arrivo di Drake e ora non avevo la forza di sopportare le loro battutine una seconda volta.

«Si tratta di un regalo. Non sono affari vostri» dissi incrociando le braccia sul petto.

«Da parte del tuo nuovo ragazzo?» chiese Luna, la coda che ondeggiava da una parte all'altra, deliziata.

«Come abbiamo detto che si chiama?» chiese Merlino sollevando una zampa posteriore per grattarsi dietro l'orecchio.

«Drake» rispose prontamente Luna.

«Non è il mio ragazzo. Neanche per idea» dissi a denti stretti.

«Ma ti ha portato un fiore» sottolineò Luna. «Voi umani non lo considerate un gesto romantico?»

«Sì, io gli piaccio. Ma lui non piace a me. Piace alla mia amica in realtà. Ops, non importa. Possiamo evitare questa scenetta da scuole elementari?»

«Che cosa sono le scuole elementari?» chiesero entrambi, l'attenzione ormai completamente incentrata su di me.

«È il posto in cui vanno i cuccioli umani quando compiono sei anni.»

«Io ho solo un anno» disse Merlino stringendosi nelle spalle.

«Anch'io» gli fece eco Luna.

«Allora suppongo che per il momento non ci riguardi» disse Merlino con un sorriso. «Piuttosto, vogliamo sapere: Drakeuccio bello ti ha dato il bacino della buona notte?»

«Me ne vado a dormire!» strillai, poi mi diressi in camera mia a passo di marcia e chiusi la porta, sbattendola forte per la seconda volta in quella giornata.

15

La mattina dopo venni svegliata dai luminosi raggi del sole che filtravano fra le persiane. Uffa! Dovevo proprio investire un po' di soldi per far installare delle tende oscuranti se non volevo svegliarmi ogni giorno all'alba.

Dopo un breve sosta in bagno, mi trascinai in cucina: puntai dritta al mio elettrodomestico preferito, ci infilai una cialda e attesi che la bevanda fosse pronta.

Il caffè mattutino era diventato ancora più fondamentale, adesso che ogni bevanda servita al locale era aromatizzata alla zucca. Mi piaceva concedermi ogni tanto un latte macchiato aromatizzato durante l'autunno, ma ora che Kelley ci sottoponeva a quell'over-

dose di zucca, mi ero convinta che le bevande stagio-
nali fossero tali per validi motivi.

«Che stai facendo?» chiese Merlino saltando sul
bancone della cucina e strofinando il muso contro la
macchina da caffè.

Lo spinsi via: «Non farlo. Detesto trovare i tuoi
peli nella tazza.»

«Ma è calduccia e vibra, è così piacevole!»

«A proposito di cose piacevoli, non mi è piaciuta
la scena di ieri sera in giardino. È ora di andare dal
veterinario e fargli dare una sistemata a te e a Luna.»

Non ero ancora del tutto sveglia, ma non riuscivo
a scacciare quell'immagine dalla mente. Era come se
quella scena disgustosa fosse impressa a fuoco nella
mia memoria.

Merlino si riavvicinò alla Keurig e riprese a strofi-
narvi contro la guancia. Emise fusa di soddisfazione e
chiese: «Una sistemata? E perché? Non abbiamo mica
niente che non va. Ok, Luna ha perso i suoi poteri,
ma a parte questo sta benissimo.»

«Sarebbe un gesto irresponsabile far venire al
mondo dei gattini quando ci sono già tanti poveri
gatti in attesa di adozione nei gattili.» Inoltre, avevo la
sensazione che i miei doveri di famiglio avrebbero
incluso fare da cat-sitter ai micetti, e la mia vita era
già abbastanza complicata senza dovermi prendere la

responsabilità di altri esseri viventi, ancor più se si trattava di fragili cuccioli.

«Aspetta. Non starai dicendo che...?» Merlino inarcò la schiena ed emise un soffio terrificante. Arrivò perfino ad assestarmi una zampata.

«Vuoi farmi manomettere le parti intime? Credevo che le storie su questa barbara usanza umana fossero solo invenzioni create per spaventare i piccoli maghi all'ora di andare a letto. Ma tu... Il mio famiglio? Ti prego, dimmi che stai scherzando!» Svenne cadendo su un fianco, muovendo furiosamente le zampe come se stesse sognando di correre. A quanto pareva, era così che si manifestava un attacco di panico nel mio gatto.

Ops. Continuavo a dimenticare quanto fosse diversa la prospettiva di gatti ed esseri umani su certe questioni. Su questa in particolare, avrei dovuto aspettarmelo.

Il caffè era finalmente pronto e dovetti usare un cucchiaino per ripescare il lungo pelo striato che ci era finito dentro. Non avrei dovuto affrontare quella conversazione senza una bella tazza di caffeina in circolo.

Purtroppo però l'avevo fatto, quindi ora dovevo portare a termine il discorso: «Si tratta di un intervento chirurgico estremamente semplice e non invasivo, in particolare per gli esemplari maschi.»

Merlino balzò in piedi, i peli del collo ancora ritti: «Se è un intervento così semplice, perché tu non l'hai fatto?»

«Non è la stessa cosa per gli umani. E poi vorrei avere dei figli, un giorno.»

Merlino si trasformò di nuovo nel gatto di Halloween. Caspita, non ne stavo combinando una giusta quella mattina. «E non pensi che io e Luna vorremmo coronare il nostro amore con dei cuccioli a cui trasmettere tutto il nostro affetto? Inoltre, se ben ricordi, sono l'ultimo discendente vivente del grande Merlino. Non posso certo permettere che una dinastia magica di tale importanza si estingua con me.»

«Ma i poveri gatti del gattile?» piagnucolai in modo patetico.

«Ascolta, ti parlo con il cuore in mano. Luna ha già perso i suoi poteri magici. Non strapparle anche la possibilità di diventare madre.»

Sollevai un sopracciglio e bevvi con cautela un sorso di caffè dalla tazza. Ciò nonostante, finii con del pelo di gatto in bocca. *Che schifo!*

Merlino sospirò: «Ancora una volta non riesco a comprendere il tuo senso morale. E comunque, se tieni così tanto ai gatti del gattile, troveremo un modo per aiutarli. C'è un sacco di posto a Nocturna. Tu portali qui e io li posso portare là.»

«Me lo prometti?» Bevvi un altro sorso di caffè.

«Se è quello che serve per mantenere la pace in casa nostra e le mie parti intime intatte, allora siamo d'accordo.» Si avvicinò al bordo del bancone e sollevò amichevolmente la coda; gli diedi dei colpetti delicati sulla testa.

«Grazie. E già che ne stiamo parlando, penso che tu e Luna dovreste aspettare un po' prima di metter su famiglia.»

«Perché? Siamo già una coppia stabile. A noi gatti non serve un pezzo di carta che ci dica ciò che sappiamo già nel profondo del cuore.»

«Sarà, ma ora come ora abbiamo già parecchi problemi da affrontare. Tra cui un fantasma. E sappiamo entrambi che Dash non ci metterà molto a rifarsi viva. Non mi sembra il momento giusto per mettere al mondo un bambino o, ehm, una cucciolata.»

«Giusta osservazione. Ora abbiamo finito con questo scambio di vedute così personale? Perché sono davvero stufo.»

Arrossii: «Sì, scusa.»

«Voglio dire, non mi hai nemmeno chiesto del fantasma, dopo tutti gli sforzi che abbiamo fatto. Sei passata direttamente a parlare delle mie parti intime.»

«Hai ragione. Ti chiedo scusa. Ora possiamo smetterla di parlare delle tue parti intime?»

Lui si strinse nelle spalle: «Se non vuoi parlare di una certa cosa, non iniziare la conversazione.»

«Mi dispiace, mi dispiace. Ora dimmi del fantasma» lo scongiurai.

Merlino inarcò di nuovo la schiena, ma questa volta per stiracchiarsi. Poi saltò sul tavolo e attese che lo raggiungessi: «Allora...» cominciò.

16

D etestavo quando faceva il vago a quel modo. «Allora cosa? Abbiamo catturato o no il fantasma?» chiesi. Poi mi resi conto che c'era qualcos'altro di strano quella mattina: «Ehi, ma dov'è Luna?»

Da quando viveva con noi, non li avevo praticamente mai visti separati. Ogni mattina quando mi alzavo li trovavo insieme, intenti a crogiolarsi nella gioia del loro amore.

Merlino fiutò l'aria prima di rispondere alla mia domanda: «Luna è uscita a fare una passeggiata. Ha detto che aveva bisogno di un po' di tempo per se stessa. Dall'odore direi che si trova a circa due isolati da qui e sta facendo ritorno.»

Tempo per se stessa? Mmm. Significava forse che c'erano problemi in paradiso? I miei gatti erano già passati una volta da innamorati ad acerrimi nemici e poi, nuovamente, a innamorati. Stavo iniziando a pensare che fossero gli alter ego felini di Ross e Rachel. Avrebbero fatto meglio a non prendersi una pausa tanto presto, perché non ero pronta a gestire una crisi di coppia!

Ovviamente tenni per me quelle riflessioni. Io e Merlino avevamo già discusso abbastanza delle loro faccende personali per quel giorno e non avevo intenzione di tornare sull'argomento. Per nessun motivo. Dovevo resistere all'impulso di svolgere il ruolo della terapeuta di coppia. E, comunque, quei due erano ben più esperti di me nelle questioni di cuore.

Vedendo che non dicevo nulla, Merlino continuò. Questa volta decidendosi a parlare del fantasma: «Non è venuto» disse con uno sbadiglio annoiato. «Io e Luna abbiamo atteso per tutta la notte e quel fetente di uno spettro non ha avuto neanche la cortesia di passare per un salutino.»

Afferrai la tazza con entrambe le mani e sospirai.

«È una buona notizia, no? Voglio dire, noi non lo vogliamo qui.»

«Se è venuto una volta, puoi scommettere che

tornerà. Il fatto che non sia stato stanotte complica solo le cose per tutti noi, e questo mi irrita.» Frustò l'aria con la coda a sottolineare quell'affermazione.

«Forse Virginia sa che le abbiamo teso una trappola?» Io al suo posto mi sarei tenuta alla larga. Forse avrebbe scoraggiato anche lei dal rifarsi viva.

«Forse» rispose pensieroso. «Non ne so molto sui fantasmi. Ma suppongo che non saprà della pozione finché non avrà iniziato a materializzarsi, e allora sarà troppo tardi.» Su questo aveva ragione. C'erano un sacco di cose che non sapevamo sul nostro futuro fantasma, e questo rendeva tutto più complicato.

La gattaiola si aprì rumorosamente e Luna entrò di corsa.

«Com'è andata la passeggiata, amore mio?» chiese Merlino; poi saltò giù dal tavolo per strofinare il muso contro quello di lei. Stessa scena già vista con la macchina da caffè. Se non altro, Luna era ricoperta di pelo già di suo.

«È stato piacevole prendere una boccata d'aria mentre riflettevo sui motivi per cui Virginia non è venuta a farci visita questa notte» rispose con prontezza la gatta bianca.

Quindi mi ero totalmente sbagliata sulla questione dei problemi in paradiso. Avevo fatto ben a non dire niente in proposito. Dovevo proprio tenermi fuori dalla loro relazione e lasciare che fossero loro a gestire la cosa. Questa volta avevo imparato la lezione.

«Devi smetterla di incolparti» disse dolcemente Merlino.

Entrambi saltarono sul tavolo per coinvolgermi nella discussione.

«Diglielo anche tu, Gracy» mi implorò Luna, gli occhi azzurri colmi di rimorso. «Virginia era il mio famiglio. Sono stata io a sceglierla. Non mi sono accorta che il suo animo era corrotto. È tutta colpa mia.»

Allungai una mano per accarezzarle la schiena: «Merlino ha ragione. Noi puoi incolparti così. A volte le cose brutte capitano anche alle brave persone o ai bravi gatti. È così che va la vita.»

«Allora la vita fa schifo» disse lei tirando su col naso.

«Sì, a volte» concordai. «Ma tu hai anche molte cose per cui sentirti grata. Sai, proprio questa mattina Merlino—» Mi interruppi bruscamente. Stavo per farlo di nuovo, interferire nella loro relazione. «Mi diceva quanto è fortunato ad averti.»

Il Maine Coon mi fece l'occhiolino e Luna sembrò rilassarsi.

«A quali conclusioni sei giunta durante la

passeggiata? Perché Virginia non è venuta a farci visita?» chiesi dopo un po', stufa del protrarsi del silenzio. Era quello il problema del parlare con i gatti: erano grandi appassionati delle pause piene di tensione. Inoltre, non avevano mai fretta, quindi anche la più semplice conversazione poteva trascinarsi per ore se non mi impegnavo io a farla andare avanti.

«Forse non si tratta di Virginia» disse Luna. «Magari non è nemmeno qui per noi, bensì per la casa.»

«Teoria interessante» dissi lentamente, anche se ero totalmente in disaccordo con quella dichiarazione.

«Se si tratta di Virginia, siamo pronti ad affrontarla con la pozione. In caso contrario non abbiamo nulla da temere» riassunse Merlino.

«Suppongo di sì» dissi bevendo un altro sorso di caffè. Ormai era già quasi a temperatura ambiente, così lo tracannai e mi alzai per andare a prepararne un'altra tazza.

«C'è qualcos'altro che dovremmo fare?» chiesi frugando nel cestello delle cialde e scegliendo una deliziosa miscela francese.

«Ora non ci resta che aspettare» disse Merlino in tono annoiato. «Se il fantasma tornerà, potremo affrontarlo; se non farà ritorno, non saremo più in pericolo.»

Io e Luna annuimmo, ma dubitavo che la questione sarebbe stata così semplice.

Ed ero convinta che lo sapesse anche lui.

17

Trascorsero alcuni giorni senza nessun cenno da parte del nostro visitatore spettrale. Anche se avevo dubitato che la teoria di Luna fosse corretta, ora dovevo ammettere che era del tutto plausibile che non si trattasse di Virginia. Per precauzione, comunque, telefonai a nonna Grace per accertarmi che fosse viva e vegeta. Non aveva molto tempo per chiacchierare, perché la residenza di lusso per pensionati in cui viveva organizzava un sacco di imperdibili ed emozionanti eventi sociali, ma mi assicurò che non era mai stata meglio e che presto sarebbe venuta a trovarmi.

E così, mentre i giorni passavano, mi concentrai sul lavoro e sul tentativo di andare avanti con la tesi. Drake e io chiacchieravamo più di quanto avessimo mai fatto in passato, ma io mi sforzavo di mantenere platonico il nostro rapporto in modo che Kelley non si ingelosisse e lui non si facesse un'idea sbagliata.

Era un bravo ragazzo, però io non avevo tempo per una relazione mentre cercavo ancora di abituarmi al mio ruolo di famiglio. E quando, prima o poi, avessi deciso di rimettermi in gioco dal punto di vista sentimentale, avrei avuto bisogno di qualcuno di più ambizioso di Drake, e che sapesse cosa voleva fare nella vita. Riuscivo a immaginarmi benissimo noi due procedere per inerzia, con il sostegno finanziario di mia nonna e dei suoi genitori, continuando a lavorare alla caffetteria fino al giorno in cui saremmo morti. Non era la vita che volevo, né quella che meritavo.

Kelley, al contrario, aveva spirito d'iniziativa sufficiente per entrambi. Sarebbero stati proprio una bella coppia, se Drake avesse mai ricambiato i suoi sentimenti. Comunque fosse andata, sarebbe stato interessante vedere gli sviluppi della loro storia.

Io, una volta tanto, ero contenta di avere tempo di preoccuparmi di questioni simili. Ogni giorno che passava mi preoccupavo meno del fantasma. Ogni notte dormivo meglio. E durante la giornata riuscivo a concentrarmi sui miei gatti, sulle persone che avevo intorno, provare nuove tecniche di make-up, rilassarmi e godermi la vita.

Era davvero magnifico, poi...

Una notte ero nel bel mezzo di uno splendido sogno in cui vincevo una scorta a vita di prodotti per il trucco: erano quelli del mio marchio preferito non testato sugli animali—

Miiiaaaaaaoooooo!

REOW! HISSS!

Miiiaaaaaaoooooo!

Mi alzai di scatto dal letto mentre i gatti continuavano a miagolare furiosamente nel corridoio. Poteva significare una cosa sola: il fantasma era tornato. E proprio quando avevo iniziato a convincermi che la sua prima visita fosse stata solo una coincidenza.

Indossai la vestaglia appesa alla porta e uscii in corridoio. I gatti erano fuori dai gangheri.

E intendo letteralmente.

Merlino aveva già iniziato a scalciare con le zampe posteriori in quella manovra ormai familiare che significava...

«No! Fermati! Niente fulmini in casa!» gridai, ma era troppo tardi.

Una saetta si schiantò sul tetto, creando una voragine e illuminando l'imprevedibile spirito. All'improvviso, una chiazza di blu apparve proprio nel punto che i gatti continuavano a fissare. Ora lo vedevo anch'io.

Oh, Merlino! Voleva distruggere il fantasma, ma così facendo lo aveva solo rafforzato.

In casa risuonò un botto, poi calò il silenzio. Era perfino più buio di prima.

«Merlino, hai fatto saltare la corrente» gridai, incapace di staccare gli occhi dalla massa blu trasparente che fluttuava, informe, a pochi metri da me nel corridoio.

Poi iniziò a piovere dentro casa.

«Merlino!» gridai.

«Non sono stato io» strillò lui.

Alzai lo sguardo e vidi che, effettivamente, la pioggia arrivava da un buco nel tetto. Ci sarebbe voluta una bella cifra per ripararlo. «Sarà meglio per te che tu lo sappia aggiustare con la magia!» borbottai.

«Ti preoccupi di *quello* quando c'è qui *questo*?» gridò Luna gesticolando freneticamente verso il fantasma.

Il movimento improvviso spaventò lo spirito, che schizzò lungo il corridoio finendo a sferragliare per la cucina.

«Perché l'incantesimo non lo ha catturato?» chiesi ai gatti.

Miiiaaaaaaaooooooo!

REOW! HISSS!

Miiiaaaaaaooooooo!

Non era la risposta che volevo. Non si stavano mostrando molto d'aiuto in quella situazione, considerando che si limitavano a urlare contro il fantasma anziché cercare di catturarlo.

Pensandoci bene, però, avevo urlato parecchio anch'io. Uffa.

Ma la reazione iniziale non aveva importanza. Qualcuno doveva fare qualcosa e, a quanto pareva, quel qualcuno dovevo essere io.

Marciai in cucina e incespicai nel tavolo. Ahia!

L'unica luce veniva proprio dal fantasma, grazie al blackout causato dal fulmine di Merlino. Quella massa blu pulsante non aveva un aspetto umano, ma che altro poteva mai essere?

«Ehi, Virginia» chiamai, sforzandomi di nascondere il tremito nella voce. «Perché sei qui? Che cosa vuoi?»

Il fantasma fluttuò più vicino a me e mi ci volle tutto il coraggio che avevo per non correre fuori di casa urlando. Non potevo prendermela con i gatti, visto che mi stavo comportando esattamente come loro.

Lo spirito continuò ad avvicinarsi, lento come melassa che cola. Sarei potuta scappare, ma rimasi lì, impietrita, incapace di staccare gli occhi da quella vista spettrale.

Qualche istante dopo si fermò di fronte a me, a meno di trenta centimetri.

E poi, con una terribile eco stridente che mi fece correre un brivido lungo la spina dorsale, disse: «Chi è Virginia?»

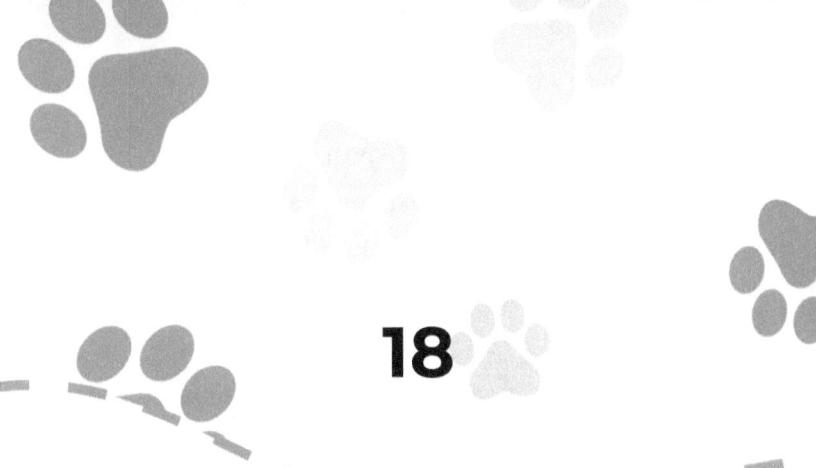

18

Non era facile da capire, dato lo strano modo in cui riecheggiava la voce, ma ero abbastanza certa che il fantasma fosse un maschio.

«Chi sei?» mormorai. Non riuscivo a credere di stare davvero parlando con un fantasma. Di tutte le cose folli che erano successe nelle ultime settimane, questa era di gran lunga la più incredibile. Avevo raggiunto un nuovo picco di stranezza e non ero sicura che mi piacesse. Beh, se non altro lo spirito sembrava amichevole. Mi era andata sicuramente meglio che se si fosse davvero trattato di Virginia.

«Gracy?» chiese il fantasma, avvicinandomisi così tanto che, ora, la massa blu luminescente si trovava a pochi centimetri dal mio viso.

«Uh, signor fantasma?» risposi stupidamente.

«Non ho mai voluto diventare un fantasma» gemette la strana creatura, mentre la luce blu tremolava. «Non so perché sono qui e non so perché sono venuto da te.»

Fu allora che, finalmente, riconobbi qualcosa di familiare in quella voce inquietante. Non si trattava di Virginia, ma era qualcuno che conoscevo, qualcuno che avevo visto morire non molto tempo prima.

«Harold?» chiesi, incredula. «Sei davvero tu?»

«Sono io» confermò lo spirito. Wow, non riuscivo a credere che il mio ex capo fosse tornato a farmi visita sotto forma di spettro. Mi detestava e, ancor più, detestava dovermi *pagare* anche solo il minimo sindacale per tutte le ore che trascorrevo lavorando alla caffetteria.

«Non c'è da meravigliarsi che l'incantesimo non abbia funzionato» mormorai tra me e me, ripensando all'inutile rana di ceramica nel corridoio. «Era stato preparato per Virginia e tu chiaramente non sei lei.»

«Chi è Virginia?» chiese nuovamente Harold.

«Non ha importanza» risposi di getto. Preferivo non dirgli che era la persona che lo aveva ucciso. Deglutii, invece, e chiesi: «Che cosa ci fai qui? Perché sei venuto a farmi visita, Harold?»

«Non lo so» rispose, mentre la luce blu riprendeva

a pulsare. Mi chiesi se quel colore fosse una coincidenza o se fosse più, che so, un indicatore del suo stato d'animo. Un fantasma malvagio sarebbe stato rosso? Uno magico verde? Questione interessante, ma non era questo che contava ora.

«Hai qualche questione in sospeso?» domandai dopo essermi passata la lingua sulle labbra secche.

«È difficile ricordare in questa condizione» replicò con quell'eco stridente. «Ma dammi un momento e ci proverò.»

Mentre attendevo che Harold facesse mente locale, i gatti uscirono lentamente dal corridoio e giunsero al mio fianco in cucina.

«Che cosa vuole?» chiese Merlino, sferzando l'aria con la coda con tanta forza da produrre uno schiocco quando mi colpì la gamba.

«Un gatto parlante!» gridò Harold terrorizzato, schizzando indietro verso il lavandino.

«Sì, è un gatto parlante e tu sei un fantasma. Cosa pensi sia più spaventoso?» chiesi, inclinando la testa di lato, incredula. «E comunque l'hai sentito parlare anche prima nel corridoio. L'hai anche visto evocare un fulmine, ricordi?»

«Oh, credo di sì.» La sagoma indistinta di Harold si riavvicinò a noi, rischiando di andare a sbattere contro Luna questa volta. «E questo qua mi ha

minacciato!» piagnucolò il fantasma quando rico-
nobbe la gatta bianca.

«Ho un nome: Luna» soffiò lei inarcando la
schiena.

«Argh! Un gatto parlante!» gridò Harold sfrec-
ciando per tutta la casa.

Oh, cielo. Ci sarebbero voluti tempo e pazienza.

Dovevo prendere il controllo della situazione o
saremmo andati avanti così per tutta la notte.
«Harold, sei venuto qui per un motivo. So che fatichi
a ricordare, quindi proverò a farti delle domande per
aiutarti. Ok?»

Lui rimbalzò su e giù, gesto che interpretai come
un cenno di assenso.

«Sei qui per la causa della tua morte?»

«Sono stato avvelenato.»

«Sì, esatto, Harold. Sei stato avvelenato.» Ops, la
mia voce era acuta e infantile proprio come quando
parlavo con Merlino prima che lui iniziasse a rispondere, ovviamente. Quando ancora davo per scontato
che fosse semplicemente una simpatica palla di pelo.
Anche se Harold sembrava innocuo, il fantasma che
mi trovavo di fronte non aveva niente in comune con
un tenero micione.

«Beh, potresti anche evitare di sembrarne tanto
lieta» protestò.

«Oh, fidati di me, non ne sono affatto contenta.»

Sigh. Potevo benissimo dirgli la verità e togliermi quel peso dal petto. Tanto se ne sarebbe dimenticato nel giro di pochi istanti. «Mi dispiace molto. Sei stato assassinato perché qualcuno voleva arrivare a me.»

«Ma lei ti ha vendicato» aggiunse Merlino saltando sul tavolo e avvicinandosi al globo blu parlante. «Ha rischiato la vita per punire coloro che ti hanno fatto del male.»

«Quindi ora l'assassino è morto?» volle sapere Harold.

Mi strinsi nelle spalle, non sapendo cosa rispondere. «Sì e no. Colei che ha ideato il piano è ancora a piede libero, ma la persona che ha premuto il grilletto è sicuramente morta stecchita.»

«Non mi hanno sparato, sono stato avvelenato» insistette lui con un'eco lamentosa.

«Giusto.» Niente metafore. Dovevo parlare in modo semplice e diretto. «La tua visita ha a che fare con tua figlia Kelley?»

«Mia figlia» borbottò il fantasma; poi prese a brillare di un bell'azzurro lucente e gridò: «Kelley! Sì, volevo ringraziarti per averla aiutata.»

Sorrisi. Harold avrebbe potuto essere un buon padre, se ne avesse avuto la possibilità. «Certo che l'ho aiutata, è mia amica.»

«Le hai ceduto il tuo desiderio. Non eri costretta a farlo.»

La mascella mi sarebbe caduta fino al pavimento, se fosse stato fisicamente possibile. «Non ti ricordi che questi gatti sanno parlare, ma in qualche modo sai, e ricordi, che il mio gatto ha preparato una pozione e che io l'ho data a Kelley affinché il suo sogno più grande potesse avverarsi?»

La massa blu si piegò di lato: «La memoria fa strani scherzi quando si è fantasmi. Va e viene.»

«Beh, sono lieta di aver aiutato Kelley. Voleva renderti orgoglioso e portare avanti il tuo lascito. Tua figlia è proprio una brava persona. È un vero peccato che tu non abbia avuto la possibilità di conoscerla meglio.»

Harold divenne scuro come la notte: «Già.»

«Domani ci sarà la grande riapertura della caffetteria. Kelley ha deciso di mantenere il nome del locale in tuo onore» lo informai.

Si illuminò di nuovo: «Potresti dirle che sono davvero orgoglioso di lei?»

Beh, era tutto era molto dolce, ma avevo proprio bisogno di qualche ora di sonno, considerato il doppio turno in programma il giorno dopo. «Vedrò cosa posso fare. Grazie per la visita. Harold. Ora se non c'è altro che devi dirmi...»

«Aspetta!» Il fantasma sfrecciò per tutta la cucina, poi tornò da me: «Ho un avvertimento dall'aldilà.»

«Sarebbe stato meglio dircelo subito» disse Merlino in tono brusco.

Lo zittii, poi addolcii la voce per rivolgermi a Harold: «Quale sarebbe?»

La sua voce cambiò, facendosi più profonda e chiara: «I semi piantati presto daranno frutti pericolosi.»

Sussultai: «Harold? Che cosa significa?»

Il fantasma ruotò lentamente su se stesso, come per sorvegliare la stanza: «Che cosa significa cosa?»

«Il messaggio che mi hai appena riferito» insistetti. Ti prego fa che se ne ricordi, ti prego fa che se ne ric—

«Non ricordo» disse; poi sparì alla vista.

19

La mattina dopo mi svegliai con un mal di testa letale. Non soltanto l'incontro con il fantasma aveva richiesto un tempo sorprendentemente lungo rivelandosi un fiasco totale, ma quando si era concluso ero rimasta sveglia per quasi un'ora a riflettere sul significato dell'avvertimento di Harold dall'aldilà.

I semi piantati presto daranno frutti pericolosi.

Cosa poteva significare?

Per quel che ne sapevo, Harold poteva aver sentito quella frase in qualche film prima di morire e l'aveva rievocata, confondendola con il ricordo di un evento reale. Sembrava proprio una bizzarra profezia tirata fuori da un film fantasy.

Più ci pensavo, più mi sentivo confusa. Immaginavo che avrei dovuto pazientare e vedere cosa sarebbe accaduto, anche se detestavo non potermi preparare a ciò che mi aspettava.

Sarebbe stata una giornata impegnativa.

Era arrivato il giorno della grande riapertura della caffetteria. Dovevo riconoscerlo: Kelley aveva fatto rapidi progressi sia nella riorganizzazione del menù che nella formazione del personale. Ora era giunto il momento del suo debutto come nuova proprietaria dell'Harold's House of Coffee.

Avrebbe avuto bisogno di tutto l'aiuto possibile, perché il locale sarebbe stato pieno tutto il giorno. Il desiderio magico di cui le avevo fatto segretamente dono le avrebbe garantito un grande successo.

Su mio suggerimento, aveva assegnato un doppio turno a tutto il personale, me compresa.

Quando arrivai, vidi che per l'occasione sfoggiava un abito da festa in stile anni Cinquanta, bianco e decorato con un motivo di piccole zucche e cornucopie. Mi corse incontro con un'espressione felice stampata in faccia: «Ciao, Gracy! Sei pronta per il nostro grande giorno?»

«Il *tuo* grande giorno» le ricordai con un sorriso. «E sì, sono prontissima.» Non era necessario che sapesse che avevo perso svariate ore di sonno perché la mia vita si era trasformata in una soap opera paranormale.

Lei annuì, facendo rimbalzare gli orecchini raffiguranti Jack Lanterna: «Buone notizie: le magliette dell'uniforme sono arrivate ieri sera. Vai a prenderne una in ufficio e preparati.»

Oh, no. Harold ci permetteva di vestirci come volevamo perché era troppo tirchio per investire in delle uniformi, ma Kelley si era prodigata al massimo facendo realizzare una serie di magliette personalizzate che sarebbero cambiate ogni mese.

Rovistai nello scatolone finché non trovai una L e la indossai sopra la maglietta che avevo già. Sul davanti c'era stampato #ILOVEZUCCA, il nuovo hashtag che voleva lanciare sui social network. Sul retro invece c'era scritto: «Chiedimi quale spezia preferisco nel latte macchiato con zucca!»

Che il cielo ci aiuti!

Quando uscii dall'ufficio, trovai Kelley in piedi accanto al montalatte, lo sguardo fisso al muro. Avvicinandomi, mi accorsi che stava esaminando una foto incorniciata che fino a due giorni prima non c'era.

Si trattava della stessa foto in mostra sulla bara in occasione del funerale di Harold. Era un primo piano che ne metteva in evidenza le guance paffute, gli occhi stretti e la stempiatura. Kelley avrebbe dovuto ringraziare la sua buona stella per aver preso il bell'aspetto da sua madre.

«Pensi che sarebbe stato orgoglioso di me?» sussurrò quando la raggiunsi.

«Ne sono più che certa» dissi dandole una strizzatina di conforto alla spalla.

Lei si voltò verso di me, ma evitò il mio sguardo: «Davvero?» borbottò. «Non credi che abbia un po' esagerato con la zucca e le spezie?»

«Alla gente piacerà un sacco. Aspetta e vedrai.»

Alzò lo sguardo. I suoi occhi esprimevano chiaramente i suoi sogni e i suoi timori. Quella giornata per lei era ben più dell'inaugurazione del suo nuovo locale. Era un modo per creare un legame con il padre che aveva conosciuto a malapena. «Come fai a esserne così sicura?» mi chiese.

«Lo so e basta» la rassicurai. Poi aggiunsi: «Ehi, ci facciamo un espresso alla zucca per partire alla grande?»

«Ottima idea» disse con enfasi, avviandosi a passo svelto verso la gigantesca macchina per l'espresso. «Venite qui tutti!» gridò mentre si affaccendava con l'apparecchio.

I tre neoassunti erano già arrivati. Nell'ultima settimana ero stata così presa dalle questioni magiche da non aver fatto neanche il minimo sforzo per provare a conoscerli, a parte le attività di team-building proposte da Kelley. Ora che il nostro ospite spettrale si era rivelato essere Harold, forse avrei potuto rilassarmi un po'. Socializzare, anche.

Drake entrò di corsa proprio mentre Kelley stava riempiendo l'ultimo bicchierino di carta. «Mi scuso per il ritardo!»

«In realtà sei in anticipo di cinque minuti» disse Kelley porgendogli l'espresso.

Drake si voltò verso la porta: «Devo uscire e rientrare tra qualche minuto?»

«Fermo lì!» Kelley gli assestò un colpetto scherzoso sul petto e Drake, sempre così distaccato e sarcastico, arrossì. Era davvero arrossito! Forse quei due avevano una possibilità dopotutto.

«Brindiamo!» proposi, sollevando il mio bicchierino.

«Ad Harold. Lunga vita al suo ricordo!» brindò Kelley.

«A Kelley. Che continui a non notare i miei ritardi!» ribatté Drake.

«Alle bevande con zucca e spezie» aggiunsi io.

I nuovi assunti si profusero in vari: «Cin cin» e «Ben detto!»

Poi tutti scolammo i nostri espressi.

«Ah, scotta, scotta, scotta!» strillai.

«Mi ha scottato fino al cervello» gemette Drake.

Gli altri non la finivano più di ridere.

Eravamo pronti a partire col botto.

20

Al termine del doppio turno mi trascinai a casa; puzzavo di cannella, noce moscata e zenzero. Nonostante il dolore ai piedi e le fitte alla schiena, non avrei potuto essere più felice. Kelley si era mostrata all'altezza della situazione, ed era stato bello vedere il modo in cui il suo volto si illuminava mentre si godeva i risultati del proprio impegno.

Ero molto contenta, ma non ancora pronta ad andare a letto.

Grazie al cielo, il blackout della notte precedente era stato causato dall'improvviso sovraccarico elettrico e non da un danno dei cavi. Era bastato riazionare il quadro elettrico per far tornare la corrente. Il buco nel tetto, invece, sarebbe stato ben più difficile da riparare.

Cercai di non pensarci mentre preparavo qualcosa da mangiare al volo nel microonde; nell'attesa mi accomodai sul divano e iniziai a cercare qualcosa da guardare nella libreria di Netflix. Dopo quella dura giornata di lavoro meritavo di concedermi il reality show più squallido e assurdo che fossi riuscita a trovare. Ne scelsi uno in cui veniva chiesto ai partecipanti di fidanzarsi senza essersi mai incontrati di persona. Sarebbe stato l'apice della TV spazzatura.

E comunque, sì, era interessante. Faticai a staccare gli occhi dallo schermo quando il timer del microonde suonò, avvertendomi che la mia scialba versione di cacio e maccheroni era pronta.

Ero così presa dalle assurdità che si susseguivano sullo schermo che pestai involontariamente uno dei gatti mentre mi dirigevo in cucina.

Luna miagolò forte e corse a cercare riparo in camera da letto.

«Come osi!» tuonò Merlino marciando verso di me da non si sa dove.

«Mi dispiace, Luna. Non l'ho fatto apposta!» gridai rivolta alla gatta che aveva battuto in ritirata.

Poi mi rivolsi a Merlino: «Non venire a farmi la predica proprio tu che hai fatto un buco nel tetto! Ho chiamato un'agenzia per farmi fare un preventivo mentre ero in pausa. Costerà più di quello che guadagno in un mese! Spero che tu abbia imparato la lezione e che non proverai più a evocare gli elementi in casa!»

«Non metter su famiglia. Non evocare i fulmini. Un po' troppe regole!» sbottò l'enorme palla di pelo soffice.

Gli lanciai un'occhiataccia: «Sono regole dettate dal buon senso.»

«Penso che tu abbia dimenticato chi comanda qui. Sono io il mago!»

«E io sono la padrona di casa!» gridai esasperata. Non avevo più neanche un briciolo di energia per gestire tutte quelle assurdità. «E sono anche quella che paga le bollette. E ho avuto una giornata lunga e stancante al lavoro, quindi vedi di non stressare!»

«Sei fortunata a non essere un gatto, o ti avrei sfidata a duello qui e ora!» Sbatté a terra le zampette per la rabbia, ma non mi fece nessuna paura.

«Merlino! Gracy!» gridò Luna. «Basta così!»

Entrambi ci girammo a guardarla con una smorfia.

«Non l'ha fatto apposta, va tutto bene.» Mentre si avvicinava notai che si muoveva in modo diverso dal solito. Speravo davvero di non averle fatto male sul serio a causa della mia disattenzione. «Ma voi due di recente siete troppo nervosi. Ricordate, siamo tutti dalla stessa parte.»

Merlino mugugnò: «Ma lei—»

«Niente ma. Abbiamo tutti molte questioni da gestire e l'ultima cosa di cui abbiamo bisogno è prendercela l'uno con l'altro. Siete entrambi provati, lo capisco. Penso che abbiate bisogno di prendervi un po' di tempo per voi stessi per darvi una calmata.»

«Scusami, Luna. Hai ragione. È che sono molto stressata per la questione del fantasma e di quell'avvertimento che non ho idea di cosa significhi, e per il buco nel tetto, e—»

«Lo so, tesoro. Lo riparerei io stessa se potessi, e ne sarei stata capace se avessi ancora i miei poteri. Ma non preoccuparti: appena possibile Merlino farà un salto a Nocturna a cercare un mago della natura che possa aiutarci con la riparazione.»

«Ma non pensi a Tom il gatto?» ribatté Merlino. «Se mi vede, mi sfiderà di nuovo a duello. Potrei morire, Luna. Morire!»

«Allora dovrai solo fare in modo che non ti veda» insistette lei. «Ora voglio che voi due facciate subito pace.»

«Scusami, Merlino» dissi con lo sguardo rivolto a terra. Luna se la cavava molto bene nel ruolo di genitore amareggiato. Sarebbe stata un'ottima madre un giorno, quando lei e Merlino fossero stati pronti a metter su famiglia.

La gatta bianca si avvicinò al Maine Coon e gli diede dei colpetti con la zampa: «Ora tocca a te.»

«Scusa, Gracy» borbottò lui alzando gli occhi al cielo.

Luna annuì: non aveva notato quel gesto. «Ora, Gracy, perché non torni a guardare quel programma? Merlino, io e te usciremo per una serata romantica. Potrebbe essere la nostra ultima occasione prima della nascita dei cuccioli.»

«Cosa?» esplosi.

«Corri, amore mio, corri!» strillò Merlino mentre sfrecciavano fuori dalla gattaiola.

Ecco, ora avevo un altro bel problema di cui preoccuparmi. Forse avrei dovuto smettere di pensare che le cose si sarebbero sistemate e la mia vita sarebbe tornata alla normalità Ora il caos era la normalità. E presto sarebbero nati i gattini!

Ma per quella sera lasciai che il reality show melodrammatico lenisse l'ansia, mentre buttavo giù la pasta al formaggio ormai molliccia.

Crollai addormentata sul divano ancor prima della fine della prima puntata.

21

Mi svegliai dopo un po', inizialmente confusa su dove mi trovassi. Poi notai il messaggio di Netflix sullo schermo della TV: *Stai ancora guardando Netflix?*

Spensi il televisore con il telecomando e mi tirai su a sedere, stiracchiando le braccia sopra la testa. Dovevo trascinarmi fino al letto, ma avevo ancora troppissimo sonno.

Stavo per costringermi ad alzarmi quando udii una serie di graffi e scricchiolii. *Che diavolo stava succedendo?*

Mi avvicinai in punta di piedi per dare un'occhiata e vidi la sagoma di un gatto alla finestra. Il mio gatto.

«Merlino, cosa ci fai lì fuori?» gemetti, correndo ad aprire la finestra.

Ma prima che avessi tempo di attraversare la stanza, una forte luce verde scattò in avanti dal muro e mi bloccò la strada.

«Harold?» squittii, anche se non c'era dubbio su chi fosse la figura che mi trovavo di fronte.

«E così ci incontriamo di nuovo» disse lentamente il fantasma di Virginia. Diversamente da Harold, non era una massa amorfa scintillante. Il suo volto era ben definito, una copia precisa di com'era stata da viva ad eccezione del fatto che ora era verde e semitrasparente. Ma le mancava la maggior parte del corpo. Infatti, la sua figura terminava appena sotto le ascelle, dandole l'aspetto di un busto scolpito.

Virginia partì all'attacco digrignando i denti.

Mi scansai appena in tempo: «Vattene via da qui, lasciaci in pace!» gridai correndo verso il corridoio.

Lei mi seguì, ridendo fragorosamente come se fosse stata una strega e non un fantasma. Forse ora lo era. Risplendeva di verde, il colore della magia, cosa che mi metteva doppiamente in svantaggio: non potevo lanciare incantesimi e non avevo la minima idea di come si uccidesse un fantasma. *Magnifico*.

Rovistai a tentoni nell'angolo del corridoio finché non trovai la rana di ceramica con la pozione nelle fauci aperte. Quando riuscii ad afferrarla saldamente, mi voltai e la spinsi verso la mia assalitrice.

«Beccati questo!» gridai, fiera della mia velocità di reazione nonostante fossi ancora intorpidita dal sonno e dalla fatica.

«Che ci fai con la mia rana?» chiese Virginia con una risata secca. «E perché me la punti contro come se fosse un'arma?»

Mi ersi in tutta la mia statura, coi piedi divaricati: «Sei in trappola, fantasma!»

«Silenzio!» L'urlo di Virginia rieccheggiò per tutta la casa.

Spinsi di nuovo la rana verso di lei, ma l'anfibio di ceramica mi volò via di mano e andò a frantumarsi contro la parete. Quando cercai di parlare, mi accorsi che avevo la bocca sigillata.

«Così va molto meglio» disse Virginia con un cenno di approvazione. «Ora basta con queste sceneggiate. Sono qui per ucciderti. Niente di più e niente di meno. Pagherai per ciò che tu e il tuo mago avete fatto. Ho più poteri da morta di quanti ne abbia mai avuti da viva e ora li userò per vendicare la mia prematura dipartita. Vuoi dire le tue ultime preghiere?»

Ruotò la testa e l'abbozzo di busto e mollò la presa magica con cui mi teneva in pugno.

Sussultai, poi, appena riuscii ad aprire bocca, gridai: «Dove sono i miei gatti?»

Il suo verde brillante sbiadì per il disappunto: «Hai sprecato le tue ultime parole. Devi sapere che ho sigillato la casa con la magia. Loro non possono entrare e tu non puoi uscire. Sei alla mia mercè. Prima mi occuperò di te, poi ucciderò anche loro. È quasi troppo facile.»

«Tu non sei un mago. C-c-com'è possibile tutto questo?» balbettai. Se fossi riuscita a farla continuare a parlare, sarei sopravvissuta.

Virginia aveva un tale ego che non voleva semplicemente uccidermi: prima di farlo, desiderava anche che ammirassi la sua potenza. La cattiva per antonomasia spifferava il suo piano anziché metterlo in atto.

«Oh, tutto è possibile quando hai le conoscenze giuste. Luna era una principiante, una sciocca. Ma la mia nuova padrona apprezza quello che sono e ciò di cui sono capace.»

Era così simile al prototipo della cattiva che quasi mi dispiaceva per lei. Purtroppo in quel momento ero molto più dispiaciuta per me. Virginia era priva di scrupoli e non avrebbe esitato a mettere in atto il suo piano ai miei danni.

Pur essendo terrorizzata, mi sforzai di alzare gli occhi al cielo: «Intendi Dash? Sei ancora dalla sua parte anche se l'ultima volta aiutarla ti è costato la vita?»

«So cosa stai cercando di fare, e non sono tanto stupida da cascarci» sibilò, scintillante di rabbia.

«Buffa scelta di parole. Cascarci? Non è così che sei morta la prima volta? Forse è così che morirai anche stavolta, non credi?» Avrei voluto incrociare le braccia sul petto, ma era meglio essere pronta a reagire nel caso in cui si fosse di nuovo scagliata contro di me.

«Sono immortale in questa nuova forma!» gridò trionfante. «L'unica a morire, stanotte, sarai tu. E i tuoi amichetti gatti.» Si scagliò verso di me con la bocca spalancata e mi morse una spalla.

Ahi, ahi, ahi. Faceva proprio male! Molto più di quanto dovrebbe fare un morso. Sapevo che in qualche modo mi aveva infettata con la sua magia.

Ma come?

E quali sarebbero state le conseguenze?

Mi sentii svenire. No, non potevo dargliela vinta.

Soprattutto, non così facilmente.

Ma poi mi sentii di nuovo venir meno.

«Che cosa mi hai fatto?» gracchiai.

22

o creato un drenaggio magico. Presto la magia che contieni inizierà a riversarsi in me» mi rivelò Virginia girandomi allegramente intorno. «Quando ne avrò a sufficienza, la userò per ucciderti. Non ti sembra un modo davvero poetico di fare giustizia?»

Di certo Virginia era piena di sé, ma dovevo ammettere che il suo piano era astuto. Uccidermi con la mia stessa riserva di magia.

Sorprendente.

Non era trascorso nemmeno un mese da quando ero diventata un famiglio, e il legame con il mondo magico mi stava già conducendo a morte prematura.

Scusate tanto, ma no.

Non mi sarei arresa senza lottare.

I gatti non potevano entrare ad aiutarmi, ma riuscivo a sentire le loro voci attraverso la finestra. Potevo parlare con loro affinché mi guidassero in quella lotta. Mi precipitai lungo il corridoio, passando attraverso il fantasma di Virginia, e raggiunsi in tutta fretta la finestra del soggiorno.

Merlino restò seduto in attesa mentre aprivo la maniglia e spalancavo la finestra: «Gracy, dietro di te!» gridò.

Mi scansai, schivando un altro morso doloroso della mia avversaria spettrale. Virginia uscì dalla finestra urlando di rabbia, poi si voltò per riprecipitarsi dentro.

«Ha usato la maggior parte della sua magia per evocare la barriera.» Udii la voce di Luna, anche se non riuscivo a vederla. «Per questo le manca buona parte del corpo. Anche se sta assorbendo la tua energia magica, si rigenera molto lentamente.»

Giusto, Luna aveva ragione! Quando mi aveva costretta al silenzio con la magia, le erano scomparsi gli abbozzi di braccia. Ora la sua figura terminava alla clavicola. Se avesse lanciato un incantesimo abbastanza potente, avrebbe esaurito l'energia magica fino a scomparire.

Il fantasma si gettò di nuovo su di me e io mi spostai fuori dalla sua portata. Tutti quegli attacchi avevano lo scopo di distrarmi mentre si ricaricava? Qual era la cosa peggiore che poteva farmi senza usare la magia? Darmi un altro morso? Ok, faceva male, ma sarei sopravvissuta.

Bene, avremo ingannato l'attesa con quel giochetto.

Corsi a prendere la scopa dal ripostiglio.

Lei rise di me, prendendomi in giro per la scelta dell'arma. Ma io gliela sbattei in faccia, con tanto di setole sporche, facendola volare all'indietro.

«Me la pagherai per questo!» sbraitò, gli occhi verdi che sembravano smeraldi affilati mentre mi indirizzava ogni genere di improperi. «Immobilizza!»

I piedi mi si incollarono al pavimento. Riuscivo ancora a muovere la parte superiore del corpo, ma quella inferiore era bloccata, come una mosca nel miele.

Non appena pronunciò l'incantesimo, le sue spalle scomparvero. Ora era ridotta a testa e collo che fluttuavano nell'aria.

«Non puoi uccidermi senza uccidere anche te stessa» affermai, come se fosse un dato di fatto e non soltanto una mia teoria. Aveva detto di essere immortale, in quanto fantasma, ma ciò non significava che potesse restare a lungo nel mondo dei mortali.

«Sono già morta, grazie tante» sbottò. Più la sua

frustrazione aumentava, più le parole le uscivano veloci, farfugliate e poco distinguibili.

«Gracy!» gridò Merlino dalla finestra. Guardando attraverso Virginia li vidi entrambi seduti sul davanzale.

«Possiamo intrappolarla, ma mi servono gli ingredienti del mio giardino» gridò la micia.

«No, la pozione non ha funzionato.» Se lo avesse fatto, tutto sarebbe finito in pochi istanti. Se.

Ma Luna non si arrese: «Quella pozione era troppo vecchia e aveva perso potenza, ma una appena preparata funzionerà.»

«Non posso muovermi.»

«Prova a uscire dalla porta» gridò Merlino. Grazie mille, Capitan Ovvietà.

«Non posso. Sono bloccata.» Mi indicai le gambe ed emisi un gemito.

Virginia aveva continuato per tutto il tempo a gridare e insultarci, ma non aveva più lanciato incantesimi. Sembrava che la mia teoria sul fatto che non avesse abbastanza energia magica per portare a termine ciò che era venuta a fare fosse giusta. Probabilmente non si era resa conto di quanta energia le sarebbe servita per innalzare la barriera magica. Non era una vera maga in fin dei conti. Non lo era stata da viva ed era ancora inesperta in fatto di magia da morta.

Esaminai la stanza in cerca di una qualche soluzione che mi scollasse dal pavimento. Individuai il cellulare sul tavolino da caffè, a meno di due metri da me. Non potevo andare a prenderlo, ma avevo la scopa in mano. Se fossi riuscita a distrarre Virginia abbastanza a lungo da agguantarlo, avrei potuto inviare un messaggio a Drake per chiedergli aiuto.

Per fortuna lui aveva insistito affinché ci scambiassimo i numeri anche dopo il nostro appuntamento fallito, e si era anche offerto di aiutarmi con il fantasma, se mai ce ne fosse stato bisogno. E ora ne avevo decisamente bisogno!

«Ehi, buona a nulla!» gridai a voce abbastanza alta affinché Virginia mi sentisse nonostante stesse proseguendo con la sua filippica di invettive. «Guarda qui!»

23

Finsi di lanciare un incantesimo. Sì, non potevo usare la magia e, sì, Virginia lo sapeva. Ma per fortuna lo stratagemma funzionò lo stesso.

Sollevai la mano che non reggeva la scopa e la feci volteggiare nell'aria.

«Merlino, fulmine!» gridai.

Virginia si girò in tempo per vedere Merlino evocare un potente lampo subito fuori dalla finestra. La sua magia non era in grado attraversare la barriera eretta da Virginia, ma lei non poté fare a meno di fissarlo, paralizzata, mentre il suo tentativo di venire in mio aiuto 'falliva'.

Veloce come il lampo allungai la scopa di lato e la tirai indietro come se fosse un remo, facendo volare a terra il telefono, che atterrò proprio ai miei piedi. Per fortuna, avevo acquistato una custodia robusta, o quel piano non avrebbe funzionato.

Mi chinai, ancora bloccata sul posto, e afferrai il cellulare. Lo sbloccai rapidamente, aprii la rubrica e digitai un breve messaggio, i pollici che volavano sulla schermata.

Drake, SOS!

Vieni subito!

Inviai i messaggi separatamente, non sapendo quanto ci avrebbe messo Virginia a strapparmi di mano il telefono, impedendomi di chiedere aiuto.

Il fantasma è— Virginia si voltò verso di me e mi strappò il cellulare di mano con la magia prima che riuscissi a finire di scrivere. Il telefonino volò via e si frantumò contro il muro, come era accaduto alla rana. Con buona pace della custodia robusta.

Riposa in pace, amico iPhone.

Drake sarebbe accorso in mio aiuto. Ero certa che lo avrebbe fatto. Cosa avrebbe potuto fare per aiutarmi, però, era una questione a cui non avevo ancora pensato.

Osservai Virginia per vedere se si fosse ulteriormente ridotta per aver utilizzato la magia, ma non mi sembrava di vedere dei cambiamenti. Quindi il drenaggio magico stava iniziando a funzionare.

No, no, no. Che altro potevo fare per fermarla?

«Merlino, ho paura!» gridai, facendo brillare Virginia di gioia malvagia.

«Non sei sola e io non ti abbandonerò» promise dal suo posticino alla finestra. «Anche attraverso la barriera magica, la mia presenza ti rafforza. E la tua protegge me.»

«Ma il drenaggio...» Non riuscii a terminare la frase, come se anche le mie forze venissero risucchiate insieme alla magia.

Merlino si alzò in piedi e premette una zampa contro la barriera magica, offrendomi un'ottima visuale sul suo pancino peloso. «Quella che c'è in te è la mia magia. Una piccola parte arriva a Virginia, ma la maggior parte sfugge alla barriera e torna a me. Non posso muovermi da qui, o la magia non avrà un altro posto in cui andare.»

«Smettila di aiutarla!» strillò Virginia furibonda; ma nemmeno lei era in grado di lanciare un incantesimo attraverso la barriera. Per attaccare Merlino, avrebbe dovuto uscire. E sapevamo tutti che lui era un mago molto più esperto e potente, soprattutto ora che l'energia magica che contenevo fluiva in lui.

«Non puoi fare nulla finché non avrai accumulato abbastanza energia da poter lanciare l'incantesimo per ucciderci, qualunque esso sia» disse Merlino al fantasma, con voce fredda e sprezzante.

Poi tornò a rivolgersi a me: «Ignorala. Non può più farti del male.»

«Oh, certo che posso!» strillò Virginia; poi fece un balzo e mi morse di nuovo. Fu così veloce che non riuscii a difendermi con la scopa. Accidenti!

La nuova ferita pulsava dolorosamente, ma sarei sopravvissuta. Non poteva mordermi a morte e ora il mio obiettivo principale era non morire.

«Memorizza questi ingredienti» gridò Luna, sempre accanto a Merlino. «Quando il tuo ragazzo arriverà, mandalo subito al mio giardino. Se porterà qui tutto il necessario, io e Merlino potremo preparare di nuovo la pozione.»

«Ma vi vedrà praticare la magia e vi sentirà parlare!» obiettai. Merlino aveva insistito fin dall'inizio sul fatto che non potevo rivelare l'esistenza del mondo magico a coloro che non ne facevano parte. A che pro sopravvivere allo scontro con il fantasma solo per passare il resto della vita in una squallida prigione magica?

La voce di Luna mi giunse squillante e fiduciosa: «Non gli sveleremo chi siamo; sentirà solo dei miagolii. E la sua mente inventerà situazioni per dare un senso a quello che ci vede fare. Ora memorizza l'elenco: biancospino, celidonia...»

Luna elencò almeno dieci ingredienti e li ripetemmo più e più volte finché non fu sicura che li ricordassi.

Virginia continuò a sbraitare e ululare, ma il peggio che ottenne fu di costringerci a ripetere l'elenco qualche volta in più per riuscire a sentirci con quel fracasso.

Perché i miei epici scontri magici sembravano sempre protrarsi così a lungo? Nei film, gli scontri da cui dipende la sopravvivenza erano sempre molto rapidi. Non si doveva aspettare che un fantasma ricaricasse la propria energia magica e non si ammazzava il tempo in attesa di preparare la pozione giusta.

Nella vita reale la magia era più eccitante e, al contempo, molto più noiosa che nei film. Ma se non altro, i film non avrebbero potuto uccidermi.

Virginia invece...

Si avventò di nuovo su di me e io la allontanai colpendola con la scopa. Stavo diventando piuttosto abile in questo. Lei si voltò per attaccare di nuovo, ma fu interrotta fa due potenti fasci di luce bianca che illuminarono la casa attraverso la finestra.

Drake era arrivato.

24

Tutto sembrò fermarsi mentre io e Virginia attendevamo che Drake spegnesse il motore, scendesse dalla macchina ed entrasse.

Bussò forte alla porta d'ingresso: «Gracy! Va tutto bene? Fammi entrare!»

La barriera magica! Sarebbe riuscito a entrare in casa? E, se ce l'avesse fatta, poi sarebbe riuscito a uscire?

«Drake» strillai, la voce roca per quanto avevo gridato quella notte. «Non entrare!»

«Cosa sta succedendo?» chiese armeggiando con la maniglia, che però non cedette.

«Non entrare!» lo scongiurai, sperando che non perdesse tempo a ribattere. Avevo bisogno che agisse, e in fretta. «Per favore, mi serve il tuo aiuto. Deve andare in un giardino a prendere degli ingredienti.»

Drake iniziò a colpire la porta con tutte le sue forze: «Cosa? Gracy, perché? Cosa sta succedendo? Il fantasma è tornato? Stai bene?»

«Quella cosa è qui ed è molto arrabbiata. Devo intrappolarla prima che—»

«Non sono una cosa! Abbi un po' di rispetto, debole mortale!» sbraitò Virginia saettando per la stanza.

«Caspita!» gemette Drake smettendo di battere sulla porta. «Era il fantasma? Hai ragione, questa cosa sembra parecchio arrabbiata.»

«Cosa, cosa, cosa! Non sono una cosa! E tu, stupido umano, sei appena finito nell'elenco delle mie vittime!» Virginia era in ottima forma, risplendeva come non mai. L'orgoglio era un punto cruciale per lei. Mmm, forse, se Drake fosse entrato avrebbe potuto parlare con lei fino a ucciderla, costringendola a usare la magia fino a smaterializzarsi del tutto; ma non potevo fargli correre un rischio simile. Inoltre, preferivo liberarmi di lei una volta per tutte. Avremmo usato la pozione di Luna o niente! Dovevo solo convincere Drake ad andare a prendere il necessario.

«Drake, va tutto bene. Non darle retta» gridai,

sperando che le minacce di Virginia non gli avessero fatto perdere coraggio. «Vai a quel giardino e portami gli ingredienti. È l'unico modo. Hai il cellulare? Prendi nota.»

Dopo un breve momento di silenzio rispose: «Sono pronto.»

Gli elencai gli ingredienti e gli diedi l'indirizzo. Vidi Luna annuire. «Ora sbrigati! Conto su di te!»

Udii i passi di Drake che correva sul vialetto, poi il motore dell'auto prese a rombare e lui partì a tutta velocità.

«Cosa facciamo ora?» chiesi ai gatti, sempre intenti a guardare dentro dal davanzale della finestra.

«Aspettiamo e speriamo che ci porti gli ingredienti giusti. E in fretta!» rispose Luna.

«Drake è esperto in parecchi ambiti» dissi, ricordando la conversazione con lui, e poi quella con Kelley. «La botanica è uno di essi. Inoltre, può sempre cercare gli ingredienti sul cellulare e controllare di raccogliere quelli giusti. Non farà pasticci.»

Per qualche motivo, ci credevo con ogni fibra del mio essere. Drake non mi avrebbe abbandonata. Mi avrebbe salvata. Sarebbe andato tutto bene.

Dovevo solo avere pazienza.

«Divento ogni minuto più forte» mi ricordò Virginia con un bisbiglio sornione. Era tornata come quando l'avevo vista per la prima volta: un busto che terminava poco sotto le ascelle. «Ti ucciderò, Gracy, e costringerò il tuo ragazzo a guardare. Poi aspetterò di recuperare energia e ucciderò anche lui. Poi toccherà a Merlino, e infine a Luna. Terrò la mia ex padrona per ultima. Sarete tutti morti prima che il sole sorga.»

«Nessuno morirà oggi, vecchia oca» la derise Merlino attraverso la barriera. «Soprattutto non il mio famiglio e i miei figli non ancora nati!»

Virginia sussultò e si voltò verso la finestra: «Cosa hai detto?»

«Abbiamo il potere dell'amore dalla nostra. Il tuo odio non vincerà mai!» gridai. Mi sembrava il genere di frase che uno dei buoni avrebbe detto al momento della resa dei conti.

«A quanto pare, ti ho lasciata al momento giusto, Luna» la derise freddamente Virginia. «Almeno, come maga, avevi un po' di potere. Ma ci hai rinunciato, vero? E per che cosa? Per giocare alla famigliola felice con quella palla di pelo ambulante e dare alla luce i suoi mocciosi?»

«Non ti devo niente, Virginia» ribatté Luna, soffiando per sottolineare le sue parole. «E tu non capirai mai che il potere può assumere molte forme. I miei cuccioli cresceranno forti e coraggiosi e contribuiranno a eliminare i mostri come te dalla faccia della terra.»

«Moriranno o vivranno vite maledette, te lo garantisco.» Quando udii quella inquietante minaccia, mi guardai bene dal dubitare delle parole di Virginia.

Anche se ritenevo che non fosse il momento giusto perché i miei gatti mettessero su famiglia, mi sarei battuta con tutte le mie forze per proteggere i cuccioli di Luna. Virginia voleva spaventarci, ma l'unico risultato che aveva ottenuto era farmi sentire ancora più motivata.

L'avrei sconfitta una volta per tutte.

Quei gattini non avrebbero mai saputo di essersi trovati a un passo dalla fine ancor prima di venire al mondo.

La zia Gracy era entrata in azione.

E non li avrebbe abbandonati.

25

Nel tempo che Drake impiegò a tornare, la sagoma di Virginia si era materializzata fino all'ombelico.

E quei venti minuti o poco più, trascorsi in attesa, intrappolata, senza poter fare un passo mentre lei inveiva, sbraitava e ci riempiva di insulti, si rivelarono fra i più atroci della mia vita. Alcune volte provò ad aggredirmi, ma riuscii a scacciarla con destrezza con la scopa.

Credo che entrambe ci sentimmo sollevate quando Drake parcheggiò nel vialetto per la seconda volta quella notte. Ma stavolta udimmo i passi di due persone avvicinarsi alla porta, anziché di una sola.

«Drake?» chiamai cauta. *Ti prego fa' che sia lui. Ti prego fa' che sia lui.*

«Sono io» disse da dietro la porta.

«E io» gli fece eco una seconda voce.

«Kelley?» gracchiai. Perché mai lui l'avrebbe dovuta coinvolgere consapevolmente in una situazione così pericolosa? Ora che anche i miei amici erano in pericolo, mi sentivo sempre più sotto pressione. Io, Luna, Merlino, i cuccioli, Drake e Kelley: dovevo salvare tutti, e in fretta. Virginia si materializzava con sempre maggior rapidità. Presto sarebbe stata in grado di lanciare l'incantesimo a cui voleva ricorrere per uccidermi, e poi avrebbe proseguito facendo fuori gli altri uno per uno.

«Mi ci sono imbattuto a casa sua» gridò Drake per spiegare la presenza della mia amica. «Perché diavolo non mi hai detto che quella era casa sua? In ogni caso, voleva darti una mano, così l'ho portata con me. Ora potresti farci entrare?»

«No, non entrate!» gridai. Ma era troppo tardi.

Virginia utilizzò un po' della magia che aveva accumulato per aprire la porta e trascinarli entrambi dentro.

«Gracy, cosa sta succedendo?» Kelley iniziò a tremare alla vista dell'imponente presenza di Virginia.

«Caspita!» disse Drake, quasi senza fiato. «Perché è verde?»

«Hai dei poteri magici. Mi ha intrappolata qui dentro e temo che ora abbia intrappolato anche v-voi» balbettai. Ero determinata a vincere, ma anche terrorizzata all'idea di non riuscirci. Dovevamo preparare la pozione nel calderone e riuscire a portarla dentro o ad attirare Virginia all'esterno per intrappolarla. Ma come avremmo potuto fare, se a nessuno era permesso attraversare la barriera senza il suo consenso?

Anche lei doveva averlo capito, perché scelse proprio quel momento per scoppiare in una risata da cattiva da manuale: «E ora me ne hai portata un'altra. Ucciderò anche lei.»

A Kelley sfuggì un singhiozzo, cosa che fece ridere Virginia ancora più forte. Oh, avrebbe pagato per questo!

Drake prese Kelley fra le braccia, cercando di rassicurarla: «Ti proteggerò» promise. Poi lanciò un'occhiata verso di me: «Vi proteggerò entrambe.»

«Ha eretto una barriera magica intorno alla casa. Nessuno può entrare o uscire se lei non lo consente. E io non posso muovermi da questo punto» spiegai, indicandomi le gambe bloccate.

«Non se ne parla. Non permetterò a una tartaruga ninja con l'aspetto da banshee di dirmi cosa posso o non posso fare» dichiarò Drake. Accompagnò Kelley da me, che la aspettavo a braccia aperte, poi si diresse a passo di marcia verso la porta.

No, no, no. Per quel che ne sapevo, la barriera era elettrificata. Ok, Merlino non si era fatto niente quando l'aveva toccata, ma Drake non era un mago. Sarebbe riuscito a sopravvivere all'impatto?

«Drake, fermati!» gridai. «Ha—»

Ma lui uscì. Voltandosi verso di me, gettò i capelli all'indietro con un gesto del capo e ci rivolse un sorriso disinvolto: «Stavi dicendo?»

«Com'è possibile?» sbraitò Virginia schizzando qua e là per la casa.

In quel momento Kelley mi sfuggì dalle braccia e si gettò di slancio verso la porta. Ma quando raggiunse la soglia, vi sbatté violentemente contro e cadde all'indietro con un gran tonfo. «Non capisco» sospirò. «Perché lui riesce a uscire e io no?»

Drake allungò un braccio oltre la soglia e le porse una mano, ma per quanto ci provasse, non riuscì a farla passare. Quando la lasciò andare, Kelley si rintanò contro una parete e si raggomitolò piagnucolando.

«Come hai fatto?» chiesi a Drake.

Lui si strinse nelle spalle: «Non lo so. A volte riesco a fare cose di cui gli altri non sono capaci.

Oppure so delle cose, come quando sapevo dove abitavi senza che tu me lo avessi detto.»

«Mi hai seguita» dissi, preferendo la spiegazione più sensata. Anche se era inquietante e lo faceva sembrare uno stalker.

Lui scosse il capo: «No, ho solo estratto quell'informazione dalla memoria. La cosa strana è che non ricordo come ne sono venuto a conoscenza, ma era lì, pronta per l'uso.»

«Basta così» disse Virginia ribollendo di rabbia. «Lasciatemi ricaricare la mia magia in pace.»

«Perché dovremmo fare qualcosa per te?» sbottai. «Il tuo scopo è ucciderci.»

«Oh, sì! E non vedo l'ora di farlo!» Divenne più luminosa, e le sue anche iniziarono a materializzarsi. Il tempo a nostra disposizione stava per scadere.

«Drake, porta gli ingredienti che hai preso dal giardino alla vasca per uccelli in cortile, mescola tutto, mettilo in un contenitore e portalo dentro.»

«E le dosi di ciascun ingrediente? Voglio dire, se devo preparare qualcosa ci saranno delle indicazioni da seguire per farlo correttamente, no?»

Aveva ragione. Ma come riusciva a essere così imperturbabile in quella situazione? Io sapevo del mondo magico ed ero terrorizzata. Kelley era rannicchiata in posizione fetale, ma come faceva Drake a parlare con la massima disinvoltura?

«Io... non lo so» borbottai.

Fu allora che Luna comparve sulla soglia e si presentò a Drake: «Salve, io sono Luna. Un tempo ero una maga, ma ora non più. Posso comunque aiutarti a salvare Gracy, se mi permetterai di darti istruzioni per preparare la pozione.»

Drake la fissava a occhi spalancati.

I singhiozzi di Kelley si fecero più forti.

Restai in attesa, timorosa di distogliere lo sguardo. Timorosa di ciò che sarebbe accaduto.

Drake esalò un lungo sospiro tremante: «Sì, ok, madame gatta. Diamoci da fare.»

26

Era un'agonia non riuscire a vedere Drake e Luna preparare la pozione. Merlino si spostò accanto alla porta aperta per aggiornarmi su come procedevano le cose, ma Virginia si affrettò a sbattergliela in faccia. Allora lui tornò alla finestra, di modo che la magia che defluiva da me riuscisse a raggiungerlo più facilmente.

«Gracy, hai una caraffa o qualcosa di simile?» chiese Drake entrando dalla porta con tale facilità che Virginia ne rimase sconvolta e iniziò a lampeggiare di rabbia.

«Fa niente. Trovato» disse un attimo dopo. Quando mi passò accanto, mi resi conto che aveva preso la stessa caraffa che avevo utilizzato come vaso per il fiore che mi aveva regalato. Mi chiesi se l'avesse notato.

Si fermò prima di raggiungere la porta e si girò per rivolgersi di nuovo a me: «Oh, madame gatta ha detto che mi serve un pezzo di una certa rana per ultimare la pozione. Sai dove posso trovarlo?»

Giusto. Ci serviva qualcosa che fosse appartenuto a Virginia. Anche se la rana era andata in frantumi, avremmo potuto utilizzare i cocci. Che sollievo.

«In corridoio» gli dissi girando la testa di lato; lui si affrettò ad andare a recuperare l'ingrediente necessario.

Quando tornò in soggiorno, aveva in mano un pezzo di ceramica lucente: «Trovato.»

Virginia urlò e si gettò su di lui.

Cercai di spingerla via con la scopa, ma sia lei che Drake erano fuori dalla mia portata. «Attento!» gridai, disperata e impotente.

Drake alzò gli occhi proprio mentre Virginia gli piombava addosso... O meglio, gli passava attraverso.

«Che cosa sei?» piagnucolò il fantasma con voce tremante.

«Che cosa sei *tu*?» ribatté Drake; poi, constatando che l'attacco non aveva avuto alcun effetto su di lui, si diresse alla porta.

Scomparve all'esterno e tornò qualche istante più

tardi con la caraffa, ora piena di pozione verde torbido. «Madame gatta ha detto di darti questa» disse, mettendomi in mano il recipiente.

«Ma cosa devo farne?» chiesi, dandogli in cambio la scopa.

Ma lui non fece in tempo a rispondere che Virginia ci piombò addosso.

Drake cercò di colpirla però, purtroppo, brandita da lui, la scopa le passò attraverso.

Lo spirito furibondo si avventò su di me, e sarei caduta dritta sul sedere se non fosse stato per il fatto che prima mi aveva immobilizzata.

Riuscii a restare in piedi, la caraffa stretta saldamente fra le mani.

Virginia invece...

«Cosa sta succedendo?» gridò, mentre tutto il colore veniva risucchiato dalla sua sagoma e finiva vorticando dentro la caraffa.

Osservi incantata il contenitore che si riempiva di pura, lucente magia.

Quando rialzai lo sguardo su Virginia, vidi che era grigia e scialba. Ora il suo corpo era completamente visibile, dai capelli alle dita dei piedi.

«Mi hai rubato la magia! Ridammela!» sibilò, afferrando la caraffa; ma le sue mani le passarono attraverso. Ci riprovò, con lo stesso risultato.

«Dov'è finita?» chiese Drake, che brandiva ancora la scopa come una mazza da baseball.

Indicai davanti a noi: «È proprio qui. Non la vedi?»

«No, Gracy. Ormai se n'è andata.» Scoppiò in una risata secca, come se pensasse che stessi cercando di farmi beffe di lui.

La voce di Merlino mi giunse dalla finestra aperta: «Non siamo riusciti a scacciarla del tutto, perché non è riuscita a portare a termine il suo intento, ovvero ucciderti, Gracy. Finché non ci riuscirà, rimarrà intrappolata nel nostro mondo.»

«Allora come facciamo a liberarci di lei?» chiesi, piegando il collo per cercare di vederlo. Ma Merlino non era più alla finestra.

«Ti ucciderò» ringhiò Virginia gettandosi verso di me. Ma ormai solo io riuscivo a vederla.

«La pozione l'ha privata della magia e vincolata a questa casa» annunciò Luna quando lei e Merlino entrarono di corsa dalla gattaiola. Sembrava che la barriera magica fosse scomparsa quando Virginia aveva perso la magia.

«Quindi è bloccata qui? Con noi?» strillai con voce stridula. Casa nostra era già abbastanza affollata, soprattutto con i gattini in arrivo. Un altro coinquilino era l'ultima cosa di cui avevamo bisogno; soprattutto uno il cui più grande desiderio era farci fuori tutti.

«Sì, ma non può più farci del male. Non può fare più nulla.» Luna annuì lentamente. Suppongo che la questione non le piacesse, proprio come non piaceva a me.

«Muori, mocciosa, muori!» Virginia mi piombò addosso di nuovo, ma più si impegnava ad attirare la mia attenzione, più la sua voce e la sua figura svanivano.

«E tu non sei più bloccata. Puoi di nuovo muoverti» mi informò Merlino dandomi dei colpetti sul piede con la zampetta. Ma l'unico risultato fu che persi l'equilibrio e caddi addosso a Drake.

Lui mi prese al volo e mi aiutò a rimettermi in piedi: «Stai attenta, socia.»

«È la seconda volta che mi chiami così» gli dissi lanciandogli un'occhiata incuriosita. «Perché?»

«È solo un modo pittoresco per ricordarmi che siamo solo amici» disse facendomi l'occhiolino. «Cosa particolarmente importante ora che so che sei una strega potentissima che combatte gli spiriti maligni.»

Uffa! Giusto. Ora Drake conosceva quasi tutti i miei segreti. Certo, non sapeva che ero una discendente di re Artù, o che ero un famiglio e non un mago, ma sapeva comunque troppe cose.

Speravo che i gatti avessero un piano per gestire la situazione, e che non sarei finita in una squallida prigione magica per aver rivelato troppe informazioni a un umano non magico.

Il fantasma mi aveva dato non pochi problemi, ma l'avevo sconfitto. Dubitavo che me la sarei cavata altrettanto liscia con dei criminali magici incalliti, se ci fossimo trovati intrappolati insieme in un luogo da cui era impossibile fuggire.

27

«Ehilà? Ora siamo al sicuro? Posso uscire?» chiese una voce inquietante riecheggiando attraverso le pareti.

«Lasciatemi andare!» piagnucolò Virginia; ma ormai le sue parole erano poco più che un sussurro. Se non altro, questo mi avrebbe reso più facile ignorarla qualora avessimo dovuto davvero vivere insieme per... Per quanto tempo? Per il resto della mia vita? Immaginavo di sì. D'altro canto era evidente che Drake e Kelley non la sentivano né la vedevano più. Neanche la minima traccia. Almeno questo era un sollievo.

«Sei tu, Harold?» chiesi.

Una mano blu emerse dalla parete del soggiorno,

chiusa a pugno con il pollice alzato. Ero lieta di vedere che stava assumendo la sua forma consueta.

Kelley mi lanciò un'occhiata con gli occhi che le brillavano: «È m-mio p-padre?» balbettò. «È davvero qui?»

«Vieni, Harold» lo invitai con un sorriso. Era una sensazione così bella sentire le guance sollevarsi per la gioia che iniziai a ridere forte.

Harold scivolò in soggiorno. Era ancora per lo più una massa indistinta, ma aveva mani e volto: era già qualcosa.

Kelley si alzò lentamente in piedi, ma senza avvicinarsi al nuovo arrivato.

«Va tutto bene» la rassicurai con un altro sorriso. «Lui non è come quella là. Avvicinati.»

Le feci cenno di farsi avanti e lei avanzò fino a trovarsi al mio fianco: «Papà?» chiese, incerta di potersi fidare di un fantasma, anche se si trattava di qualcuno che aveva conosciuto da vivo.

«Kelley» rispose Harold con quella sua eco che adesso risuonava melodiosa.

Lei continuò a fissarlo a occhi sgranati, ma si rivolse a me: «Cos'ha che non va?»

«È da poco che è diventato un fantasma, quindi non è ancora completamente formato. Avanti, parla con lui. Non ti farà del male.»

Le guance paffute di Harold rimbalzarono mentre fluttuava nell'aria davanti a noi: «Volevo solo vederti un'ultima volta» confessò. «Per dirti che ti voglio bene e che mi dispiace di non essere stato presente nella tua vita.»

Kelley fece una risatina e si asciugò le lacrime che le colavano lungo le guance: «Non sapevi della mia esistenza. L'hai scoperto solo all'ultimo momento.»

Mi voltai e vidi Drake osservare incantato la scena. Lui e Kelley vedevano Harold, eppure non riuscivano più a vedere Virginia. Tutta questa storia dei fantasmi era terribilmente caotica. Dubitavo che avrei mai scoperto le regole precise che governavano la loro interazione con il mondo dei vivi.

«Avrei dovuto stare di più con te dopo averlo saputo, ma temevo di deluderti. Pensavo che avremmo avuto più tempo.»

A Kelley sfuggì un altro singhiozzo, ma ora sorrideva: «Anch'io. Ma forse, ora che sei tornato, potremmo—»

La luce di Harold si affievolì e lei si interruppe. «No. Non posso restare. Ti proteggerò sempre, ma da lassù.»

«Perché non resti qui con me?» Se Kelley avesse posseduto una luce come quella dei fantasmi, anche la sua si sarebbe attutita di colpo.

«Perché ho portato a termine il mio compito» disse Harold con praticità; ma vedevo quanto dolore gli causava dire di no a sua figlia. Era cambiato molto dalla notte scorsa. Non soltanto ora utilizzava frasi complete, ma ricordava. Provava emozioni. «Sai quanto ti voglio bene e quanto vorrei che le cose fossero andate diversamente. Ma sono riuscito a rivederti e ad avvertire Gracy.»

«Mmm, a questo proposito» mi intromisi, sollevando l'indice per attirare l'attenzione dei presenti. «Ora Virginia è intrappolata. Non può più farci del male. Grazie per averci avvertiti. È stato utile, credo.»

Harold sollevò davanti al volto le mani, ancora separate dal corpo. Aggrottò la fronte mentre saliva verso il soffitto, continuando a guardare me e Kelley: «No, il mio avvertimento non riguardava lei, ma qualcun altro. Qualcuno che è ancora in vita» disse infine, con la stessa strana voce con cui aveva recitato il primo avvertimento. «I semi piantati presto daranno frutti pericolosi.»

Kelley sussultò ma, per quanto mi riguardava, al momento c'era ben poco che potesse sorprendermi.

«Puoi dirmi qualcosa di più specifico? Tipo chi, cosa, quando, perché? Qualsiasi informazione sarebbe utile.»

Harold abbassò le mani e tornò giù, alla nostra

altezza. Il suo blu era diventato molto più pallido e trasparente di prima: «Ho già detto più di quanto avrei dovuto. I morti non dovrebbero interferire con i vivi. Inoltre, non ricordo altro.»

Spostò lo sguardo su Kelley: «Abbi cura di te, tesoro mio. Un giorno ci rivedremo dall'altra parte. Ma non troppo presto, ok?»

Kelley allungò le dita e gli sfiorò la mano.

Lui ondeggiò ancora per qualche istante, poi svanì del tutto.

«È stato fighissimo» disse Drake dal suo posticino sul divano.

Kelley lo raggiunse: «Non riesco a credere che fosse davvero mio padre.»

«In fondo, sembra un tipo a posto» disse Drake entusiasta. «Ritiro tutto ciò che ho detto su di lui.»

Mentre quei due chiacchieravano, sgattaiolai in camera da letto e feci cenno ai gatti di seguirmi. Quando ci fummo tutti, chiusi delicatamente la porta alle nostre spalle.

«Che cosa facciamo ora?» bisbigliai loro, improvvisamente disperata. «Entrambi sanno della magia. Significa che finirò in prigione?»

Merlino ridacchiò sotto i baffi, deliziato: «Devi sapere che...»

«Abbiamo trovato una scappatoia» esclamò Luna facendo fusa roboanti.

Guardai l'uno e poi l'altra. Entrambi sembravano molto soddisfatti. «Di che cosa state parlando? Quale scappatoia?»

«Beh, tecnicamente è stata Virginia a rivelare a entrambi l'esistenza della magia. Non tu» disse Merlino con orgoglio.

«E io ho parlato con Drake solo dopo che lei aveva mostrato la vera natura dei suoi poteri» aggiunse Luna. «Quindi non verrai punita.»

Ero così sollevata che mi sembrava che mi avessero tolto un pesante carico emotivo dalle spalle.

«Nessuno di noi verrà punito» disse Luna con un sorriso degno dello Stregatto.

Emisi un lento, lungo sospiro. Ah, era una splendida notizia. «Magnifico. Ben fatto. Ma cosa facciamo adesso?»

«Abbiamo un piano, Gracy» mi rassicurò Merlino, poi mi fece cenno di chinarmi così da potermi illustrare tutti i dettagli.

28

Venne fuori che i gatti avevano pensato proprio a tutto. Anche se nessuno dei due era mai stato in grado di modificare i ricordi quella era una specialità dei maghi dell'illusione Luna spiegò a Merlino come preparare una potente pozione soporifera.

La prepararono in forma gassosa, di modo che fosse più semplice da somministrare, e quando Drake e Kelley furono profondamente addormentati, Merlino ci teletrasportò tutti nella nuova casa di lei.

I vecchi mobili di Virginia non erano ancora stati portati via, così adagiammo i due belli addormentati sul divano a fiori. Prestai particolare attenzione a sistemarli abbracciati, con la testa di Drake sul grembo di Kelley. Magari lo avrebbe spinto a vederla come possibile fidanzata.

Ma, soprattutto, speravamo che la mattina dopo si sarebbero svegliati convinti che tutto ciò che era successo non fosse stato altro che uno strano sogno, che per qualche ragione avevano fatto entrambi.

Naturalmente, io avrei negato qualsiasi coinvolgimento: anche se detestavo ingannare i mei amici, lo facevo per il loro bene e per la loro salute mentale.

Sarebbe stato bello avere degli amici a cui poter raccontare le mie avventure magiche, ma sarebbe stato egoista, da parte mia: li avrei esposti a molteplici pericoli senza, tuttavia, poter dare loro alcuna spiegazione. Senza un mago a reclamarli come famigli, e quindi a proteggerli, avrebbero dovuto cavarsela da soli, trovandosi quindi in grave pericolo. O almeno, così mi dissero i gatti.

In ogni caso, Kelley e Drake avevano già abbastanza da fare, considerando che la nuova Harold's House of Coffee si era già rivelata un successo.

Il giorno dopo la nostra avventura notturna, Kelley aveva di nuovo in programma un doppio turno con i nuovi assunti, che l'avrebbero aiutata a gestire la clientela all'apertura, mentre io e Drake l'avremmo raggiunta più tardi in mattinata. Avrebbe dovuto di certo assumere presto altro personale, ma mi fidavo del suo intuito sulle tempistiche con cui agire.

Quando arrivai al lavoro, scoprii che Drake era già lì, un fatto mai accaduto prima. Scoprii anche che lui e Kelley si tenevano per mano mentre lei preparava lo scontrino per un cliente e uno dei nuovi arrivati era affaccendato con la macchina per l'espresso.

«Buongiorno» gridai allegramente quando ebbero finito di occuparsi del cliente. «Ho dormito splendidamente stanotte e sono pronta per qualsiasi cosa questa giornata ci possa portare.»

Ok, forse avevo esagerato un po', ma loro non lo sapevano. Mi ero truccata gli occhi con estrema cura quella mattina per accertarmi che nemmeno una minima traccia di occhiaie fosse visibile. E sarei stata allegra e positiva per l'intera durata del turno, anche se avrei tanto voluto strisciare a letto a dormire.

Drake sbadigliò vistosamente, rifiutandosi di lasciar andare la mano di Kelley: «Come mai tanta allegria?»

Annuii in direzione di Kelley: «Beh, sembra che qualcosa di bello sia successo. O, almeno, che ci siano delle novità.»

Arrossirono entrambi; erano adorabili.

Kelley mi fece cenno di avvicinarmi.

«Abbiamo trascorso la notte insieme. Non ricordo

il suo arrivo a casa mia, ma quando mi sono svegliata era lì.» Sorrise, mentre lui le dava un bacio sulla guancia. Erano passati da zero a cento praticamente in un nanosecondo.

«Nemmeno io me ne ricordo» disse lui, «ma non è poi così strano. Dimentico continuamente cose che dovrei sapere e so cose di cui non dovrei essere a conoscenza.»

Kelley abbassò la voce a un sussurro roco: «La cosa più strana, comunque, è che entrambi abbiamo fatto un sogno folle. Lo stesso sogno.»

«Davvero?» squittii, facendo del mio meglio per sembrare sorpresa.

«C'eri anche tu» sottolineò Drake, come se si aspettasse che me ne ricordassi. «Per caso hai sognato fantasmi e gatti parlanti ieri notte?»

Scossi il capo con enfasi: «No. Ho dormito come un ghiro.»

«Non è buffo il modo in cui tanti piccoli aspetti della quotidianità possano fondersi insieme e creare avventure incredibili nel mondo dei sogni?» chiese Kelley scuotendo il capo. «C'era mio padre, ma era un fantasma. E c'era quest'altro fantasma che cercava di farci del male, ma Drake ci ha salvati tutti. È stato allora che è arrivato mio padre e mi ha detto quanto mi vuole bene. Avete menzionato una volta i fantasmi in quel gioco per conoscerci meglio, e ne è nato tutto questo!»

«Già, e la cosa più strana è che abbiamo fatto lo stesso sogno» disse Drake guardandomi con un'espressione strana. «Esattamente uguale.»

«Questo è piuttosto strano.» Feci un cenno verso le loro mani unite: «Ma sembra che la cosa vi abbia avvicinati.»

«Kelley è una bella ragazza. Decisamente bella» rispose Drake avvicinando il volto a quello di lei e sfiorandola con le ciglia.

Ero felice per loro, ma avevo la sensazione che, se anche il latte alla zucca non mi avesse fatto vomitare quel giorno, l'avrebbero fatto le loro smancerie.

«Devo andare: è ora del briefing di fine turno con i nuovi assunti» annunciò Kelley con un sospiro. «Tornerò presto.»

Drake si lasciò dare un rapido bacio sulla guancia e la salutò con la mano, restando a guardarla per tutto il tempo che lei impiegò a raggiungere l'ufficio.

«Così tu e Kelley state insieme?» chiesi, senza cercare minimamente di nascondere la mia gioia per quella piega degli eventi.

«So che non si è trattato di un sogno» mi disse lui con un sussurro roco. «E so che lo sai anche tu.»

«Non so di cosa tu stia parlando» dissi con una

scrollata di spalle, poi scossi i capelli e andai a pulire i tavoli.

Per tutto il tempo non feci che preoccuparmi terribilmente. Com'era possibile che ricordasse? E cosa avrebbe comportato questo per tutti noi?

29

Tornai a casa da due gatti molto contenti e da un fantasma molto infelice. Merlino e Luna erano seduti ad aspettarmi sul tavolo della cucina, entrambi con un gran sorriso disegnato tra le vibrisse, mentre la sagoma quasi invisibile di Virginia andava in giro per la casa borbottando silenziose maledizioni.

«Come se la cava la nostra nuova coinquilina?» chiesi ai gatti, mentre Virginia mi si avventava addosso e mi passava attraverso. Fisicamente non sentii nulla, ma mi sembrò comunque un'invasione del mio spazio.

Rabbrividii e le gridai di non riprovarci.

«Oppure cosa mi fai?» chiese il fantasma, così piano che dovetti sforzarmi per udirla.

«Beh, in effetti sei già in trappola...» dissi con una risata. «Dammi un po' di tempo per pensarci su.»

I gatti risero anche loro, e Virginia sparì in qualche altra parte della casa.

«Detesta questa situazione e noi la troviamo esilarante» disse Merlino con gli occhi che scintillavano.

Nonostante avesse riso anche lei, Luna sembrava decisamente meno divertita: «Mi sento ancora in parte responsabile per tutto quello che è accaduto.»

«Non sei responsabile delle azioni cattive compiute da qualcun altro» dissi facendo scorrere le dita sulla sua pelliccia soffice e candida. «E comunque, così i tuoi cuccioli diventeranno dei veri esperti in materia di fantasmi. È una buona cosa, no?»

«Immagino di sì» ammise lei con un sospiro, premendosi contro la mia mano.

«Non pensiamoci più.» Merlino si alzò in piedi e inarcò la schiena stiracchiandosi per bene. «Abbiamo una sorpresa per te.»

«Sollevai un sopracciglio: «Oh?»

«Da questa parte, per favore.»

Entrambi i gatti saltarono giù dal tavolo e corsero verso il corridoio che conduceva alla mia camera da letto.

«Guarda in su» disse Merlino con i grandi occhi pieni di entusiasmo.

Guardai in su e non vidi nulla o almeno, niente di strano. E proprio la vista del solito, noioso soffitto mi fece sussultare il cuore di gioia: «Lo avete riparato!» strillai, chinandomi ad accarezzarli entrambi per ringraziarli «Come avete fatto? Credevo che sareste dovuti andare a Nocturna a cercare qualcuno in grado di farlo.»

«Anche se mi piacerebbe prendermi il merito, in realtà ha fatto tutto Luna» annunciò Merlino con orgoglio. «Diglielo, cara.»

La gatta sembrava imbarazzata: «Beh, sai che ultimamente siamo andati spesso al mio giardino.»

«Lo so.»

«Ho pensato che, se in giro ci sono altri maghi della natura, devono avere anche loro giardini altrettanto ben forniti.» Fece una pausa e Merlino continuò dal punto in cui lei si era interrotta.

«Abbiamo passato la giornata a teletrasportarci in varie parti dello stato finché non abbiamo trovato ciò che cercavamo a un paio di città di distanza da qui. Un posto chiamato Beech Grove. Lì abbiamo conosciuto un umano magico, pensa un po'! Il giardino era suo, ma ci ha presentato un gatto di sua conoscenza, il signor Fluffikins.»

«E Fluffikins è venuto con noi e ha riparato il tetto con un semplice guizzo della coda. Riesci a crederci?» squittì Luna. Se non avessi saputo come stavano davvero le cose tra lei e il mio gatto, avrei pensato che fosse rimasta affascinata da questo Fluffikins.

Tuttavia, Merlino non sembrava neanche un po' geloso, e io ammiravo quanto fosse diventato saldo il loro rapporto, nonostante l'inizio burrascoso.

«Non riesco a credere che abbiate fatto tutto questo per me. Grazie!»

«Beh, è stata colpa di Merlino, ma ora non sarà più tanto ingenuo da evocare i fulmini in casa. Giusto, caro?» disse Luna lanciandogli un'occhiata.

Merlino chinò la testa sul petto: «Sì, cara.»

«Apprezzo il tuo gesto di scuse. Grazie.» Diedi a entrambi un'altra piccola pacca sulla testa prima di tirarmi su.

«Oh, non l'ha fatto per scusarsi» disse Luna in tono severo, rivolta più a Merlino che a me. «Ha fatto solo il suo dovere per rimettere le cose a posto. E, comunque, Merlino ha un'altra sorpresa per te per farsi perdonare.»

Merlino trasse un profondo respiro: «Ho riflettuto molto sulla nostra chiacchierata dell'altro giorno, e su quanto sia importante per te che io e Luna ci adattiamo alle usanze umane, dal momento che viviamo nel vostro mondo...» La sua voce si spense, lasciandomi nella più totale confusione. Dove voleva arrivare?

Luna gli diede dei colpetti con la zampa sul fianco: «Su, vai avanti. Non tirarla per le lunghe.»

Il Maine Coon sollevò la testa e mi guardò con gli occhi verdi che scintillavano: «E così, io e Luna abbiamo deciso di sposarci. Ufficialmente. Prima della nascita dei cuccioli.»

Battei le mani per l'emozione: «Ragazzi, è fantastico! Sono così felice per—»

«E tu ti occuperai di organizzare tutto!» proruppe Luna. «Non è meraviglioso?»

Il mio sorriso si affievolì per un istante: «Oh, ragazzi, non è necessario che facciate tutto questo per me.» *Soprattutto se vi aspettate che sia io a fare tutto il lavoro*, aggiunsi mentalmente. Non avevo mai organizzato un matrimonio, tantomeno uno per gatti. Da che parte si doveva cominciare?

«Non preoccuparti, tesoro. Ci teniamo davvero a fare questo gesto per te» mi rassicurò Luna. Non aveva proprio capito.

«Grazie» dissi, sforzandomi di continuare a sorridere in qualche modo. «E quando sarà il gran giorno?»

«Questo fine settimana» strillarono all'unisono.

Oh, caspiterina!

30

E così un'avventura giungeva al termine, mentre molte altre si prospettavano all'orizzonte. Avevo un matrimonio felino da organizzare in fretta e furia, una cucciolata di gattini in arrivo fra meno di due mesi, un fantasma come coinquilino che mi sarei dovuta impegnare a evitare per il resto della mia esistenza in questo mondo, e la nostra peggior nemica era ancora in circolazione.

Non avevo dubbi sul fatto che avremmo rivisto Dash, soprattutto considerando l'inquietante avvertimento di Harold sui semi piantati e i frutti pericolosi. Ma, anche così, non avevamo idea di come fare per trovarla, quindi avremmo dovuto aspettare che fosse lei a venire a cercarci.

Nel frattempo, io e Merlino avremmo dovuto impegnarci per rafforzare il più possibile il nostro legame, in modo da essere pronti ad affrontarla al suo ritorno. A causa del drenaggio effettuato da Virginia, avevo perso buona parte dell'energia magica che avevo accumulato da quando ero diventata il famiglio di Merlino. Per fortuna, il mio micione era riuscito a farmi guarire del tutto. Avevo anche iniziato ad assorbire la magia più rapidamente man mano che trascorrevamo più tempo insieme.

Sarebbe andato tutto bene. Dovevo crederci, o sarei di certo impazzita.

Ma la cosa che mi turbava di più, fra tutte quelle che ci erano accadute, non era stato l'essere quasi uccisa da un nemico di cui pensavo di essermi liberata una volta per tutte. Era il fatto che il mio collega ed ex ammiratore, Drake, sapesse di me e dei miei gatti e chissà cos'altro.

Aveva facoltà fuori dall'ordinario, che nessun altro di noi possedeva, e le aveva gestite senza il minimo problema. Il fantasma non lo aveva stupito, né gli aveva fatto perdere il sangue freddo. Aveva reagito alla sua presenza come a tutto il resto: qualcosa di interessante ma fondamentalmente... normale.

Desideravo chiedergli che poteri avesse, che cosa

fosse, ma immaginavo che non si sarebbe fatto dei problemi a dirmelo, se l'avesse effettivamente saputo.

Di certo, però, lui sapeva cos'ero io. E spesso cercava di parlarmi degli eventi di quella notte quando ci trovavamo da soli al lavoro.

Credetemi: i tavoli della caffetteria non erano mai stati così lucenti, tanto era il tempo che trascorrevo a pulirli quando mi serviva una scusa per evitarlo.

Per il momento, Drake si era sempre accertato di parlarmi della questione solo quando era sicuro che nessuno potesse sentirci, ma se avesse iniziato a farlo davanti ad altri? Le autorità magiche mi avrebbero ritenuta responsabile? Sarei stata costretta a pagare per questo?

Merlino e Luna avevano detto che ero innocente, dato che era stata Virginia a mostrare i suoi poteri a Drake, e, tuttavia, il fatto che lui sapesse mi metteva comunque a disagio.

Sapevo di potermi fidare di lui, se avessi avuto bisogno di aiuto e protezione, ma per mantenere i miei segreti?

Non se ne parlava neanche.

Avevo la sensazione che presto avrei dovuto fare delle scelte difficili per proteggere lui, la mia famiglia di gatti magici e me stessa.

E con un una dolce, innocente cucciolata di nipotini baffuti in arrivo, non potevo permettermi nessun errore...

Il prossimo libro della serie è ora disponibile!

Acquista la tua copia di *L'ultima battaglia di Merlino* e comincia subito a leggere...

MOLLY E I SUOI LIBRI

CHI È MOLLY FITZ

Tecnicamente, la scrittrice e autrice di best-seller Molly Fitz non è in grado di parlare con gli animali. Questo però non le impedisce di avere conversazioni serie e molto animate con i suoi tre assistenti-scrittori felini.

Molly vive in una sperduta regione selvaggia dell'Alaska insieme a suo bambinə e lo zoo di famiglia. Di tanto in tanto, Molly si arrischia a uscire di casa, se c'è in vista un buon pranzetto o aroma di caffè... o, magari, per incontrare nuovi amici animali.

Scopri di più su Molly e sui suoi libri, e non dimenticarti di iscriverti alla newsletter su **www.rac-contimiciosi.com**.

UN DETECTIVE CON LE VIBRISSE

Angie Russo si è messa in società con il primo gatto parlante investigatore di Blueberry Bay, Gattavius, che, insieme alla sua banda un po' sgangherata di aiutanti animali e umani, risolverà ogni mistero... a patto che questo non interferisca con le sue abitudini. Comincia con il primo libro della serie, **_Il segreto del gatto_**.

LE AVVENTURE MAGICHE DI MERLINO

Gracy Springs non è una maga... ma il suo gatto, sì! Adesso, però, Gracy deve mantenere il segreto, altrimenti rischia di passare il resto della vita in una prigione magica. Grossi guai sembrano attenderli a ogni passo. Comincia con il primo libro della serie, **_Merlino sceglie un famiglio_**.

... E TANTE ALTRE NOVITÀ IN ARRIVO!

* * *

CONNETTITI CON MOLLY

Se sei alla ricerca di una community di lettori stravaganti, che amano gli animali tanto quanto i libri, allora non c'è dubbio: saremo amici!

Segui **la mia pagina Facebook**: www.facebook.com/raccontimiciosi

Iscriviti alla mia **newsletter** e riceverai un pacchetto gratuito in formato digitale, tutte le ultime novità e aggiornamenti e, nelle occasioni speciali, omaggi pensati apposta per gli appassionati: www.raccontimiciosi.com/iscriviti